타세요, ___

미래를 바꿔주는
택시입니다

타세요, 미래를 바꿔주는 택시입니다

기타가와 야스시 지음
김윤희 옮김

북폴리오

차례

프롤로그

-올 한 해, 정말 엄청난 활약을 하셨죠.

DJ의 조금은 들떠 보이는 저음 보이스가 택시 라디오에서 흘러나왔다.

-감사합니다.

-직접 작사와 작곡을 했다고 하시던데, 언제부터 음악의 길을 걷겠다고 생각하신 건가요?

-저 같은 경우는 조금 늦은 편이에요. 중학교 때 아버지께서 기타를… 지지직… 앞선 타석에서 찬스를 득점으로 연결 짓지 못하고 퇴장했습니다. 이번에는 반드시 주자가 홈을 밟아야만 하는 상황인데 말이죠. 이런 경우 타자의 심리는 어떨까요?

뒷좌석의 슈이치를 의식한 걸까. 슈이치와 비슷한 연배로 보이는 운전사는 라디오 주파수를 야구 중계로 돌렸다.

“뭐라고 해야 될지 모르겠지만, 요즘 젊은 친구들 음악은 참 난해하네요.”

운전사는 룸미러 너머로 슈이치의 얼굴을 힐끗 쳐다봤다.

슈이치는 살짝 쓴웃음을 지으며 대답했다.

“그렇기는 하죠. 그래도 저는 야구보다 아까 그 음악 프로그램이 더 좋은데요.”

“아아, 그러시구나. 이거 죄송하게 됐네요….”

운전사는 황급히 라디오 채널을 돌렸다.

-…실례지만 아버님은 어떤 일을?

-파이낸셜 플래너(FP)이십니다.

-그러시군요. 말하자면 아버님 덕분에 지금의 영광이 있는 거네요. 자, 그럼 이제 곡에 대한 이야기를 좀 해볼까요? 이번 달 20일에 새로 발매된 앨범 ‘Life is beautiful’에 수록된 〈TAXI〉라는 곡입니다. 이 노래는 어떤 곡인가요?

-제가 어느 날 조금 이상한 택시를 타게 됐는데요. 그날부터 인생이 완전히 바뀌었어요. 그 경험을 바탕으로 만든 곡이에요.

-아, 그렇군요. 그럼 우선 들어볼까요. 유메카의 〈TAXI〉입니다.

슈이치는 처음 듣는 노래인데도 낯설다는 느낌이 들지 않았다.

"이상한 택시를 탄 이후로 인생이 바뀌었다…고?"

잔잔한 미소를 지으며 혼잣말을 하던 슈이치의 뇌리에 한동안 떠올리지 않았던 10년 전 일이 생생히 펼쳐졌다.

데드라인

행운로
30
일방통행
TAXI

'1년이라는 시간이 엄청 긴 것 같아도 지나고 보면 눈 깜짝 할 사이라니까.'

연말이 되면 누구나 막연하게 이런 생각을 하곤 하지만, 생명보험 영업직으로 회사를 옮긴 오카다 슈이치에게 1년이라는 짧은 시간은 뼛속까지 스며드는 공포와 두려움의 나날이었다. 매달 그 무게에 짓눌려 압사당할 지경이었다.

같은 보험 직종이라도 어떤 회사는 안정적으로 고정급여가 있는 반면 슈이치의 회사는 그렇지 않았다. 풀 커미션(Full Commission), 즉 '완전 수당제'다. 이런 시스템에서 일해본 사람이라면 그 공포감을 익히 알고 있으리라. 신규 계약자가 1년 동안 보험료를 납부하면 보험료 중 일정 비율의 수수료가 자신의 급여가 되는 식이다. 수수료 비율은 회사마다 다른데 슈이치의 회사는 괜찮은 편이다. 다만 계약 후 1년이 지나면 지급 비율이 뚝 떨어지는 게 이 회사의 룰이다.

다시 말해서 월급을 제대로 챙길 수 있는 것은 처음 12개월까지고, 13개월 차부터는 거의 없다시피 할 정도로 적은 금액을 받는다. 결국 보험 영업자가 신규 계약을 부지런히 채워넣어야 한다는 이야기다. 슈이치는 '앞으로 반년 남았네'라는 생각이 들 때까지는 그다지 초조하지 않았지만, '이제 두 달밖에 안 남았어'가 되면서부터 밥도 제대로 넘어가지 않고 밤에 잠도 잘 못 들었다.

도쿄의 평범한 사립대학을 졸업한 슈이치는 다른 학생들처럼 취업에 애를 먹다가 간신히 자신을 채용해주는 곳을 찾았다. 하지만 그 이후로 연신 입사와 퇴사를 반복한 끝에 지금의 업종으로 안착한 것이다. 이전 직장은 중고차 판매회사의 영업직이었는데, 그들 중 슈이치처럼 보험회사 대리점으로 갈아탄 사람들이 꽤 많았다. 종류는 다르지만 자동차 판매회사에서도 보험을 취급했고 무엇보다 고객층이 넓다는 장점 때문이었다.

중고차 영업자들은 고객의 가족 관계는 물론이고 자녀들 나이까지 훤히 꿰뚫는다. 더구나 고객이 어떤 차종을 어떤 방법으로 구입했는지 알고 있다는 것은 상대방의 수입과 생활 방식까지 파악하고 있다는 뜻이다. 그런 개인정보야말로 보험업을 하는 데 절대적인 무기가 될 수 있다.

슈이치가 보험회사로 옮기게 된 계기는 직장 선배의 영향이 컸다. 선배 하나가 회사 험담을 자주 하는가 싶더니 느닷없이 회사를 옮겼는데, 생활이 매우 풍요롭고 좋아졌다며 자랑을 했다. 아닌 게 아니라 그때 다니던 회사는 문제가 좀 많기는 했다.

조건 좋은 곳이 있으면 옮기고 싶다는 생각은 비단 슈이치뿐만 아니라 다른 직원들도 모두 마찬가지였지만, 그 선배는 유독 슈이치의 마음을 꼭 흔들어놓겠다는 심산인 양 끈질기게 말했다.

"펑펑 놀아도 계약만 하면 돼. 놀면서 돈 버는 곳이라니까", "자기가 얼마나 열심히 하느냐에 따라 무궁무진하게 돈을 벌 수 있다는 점이 이 일의 가장 큰 메리트야", "너도 분명히 이쪽 일이 더 잘 맞을걸" 하면서, 만날 때마다 자기 회사로 오라고 유혹의 손길을 뻗쳤다.

그러나 입사 초기에 과거의 인맥을 동원한 덕분에 무려 60만 엔에 가까운 급여를 받았던 그 선배에게도 결국 피해 갈 수 없는 13개월 차가 오고야 말았다. 슈이치가 선배의 끈질

긴 권유에 넘어가 보험회사로 옮긴 지 반년도 채 되지 않았을 때였다. 선배 입에서 다시 보험회사에 대한 불만과 험담이 끊이지 않았고, 수입이 거의 없다시피 됐을 무렵 그는 홀연히 자취를 감췄다.

정확한 통계인지는 몰라도 '10년 이상 근속한 사람이 전체의 3퍼센트도 안 된다'는 곳이 바로 보험업계다. 직접 뛰어들기 전에는 슈이치도 깊이 생각해본 적이 없지만, 지금은 여기서 10년 이상 버티는 것이 얼마나 어려운 일인지 뼈저리게 느꼈다.

"좋은 아침입니다."

슈이치의 인사가 끝나기도 전에 와키야 사장이 그의 출근을 기다리고 있었다는 표정으로 "오카다 씨!" 하며 호출했다.

와키야는 언제나 주름 하나 없는 깔끔하고 멋진 정장 차림이었다. 연일 찌는 듯한 불볕더위가 기승을 부리는 요즘 같은 날에도 재킷을 벗는 일이 없다. 자신의 몸과 외모에도 민감해서 퇴근하고 집에 가기 전에는 반드시 체육관에 들러 운동을 한다. 헤어스타일도 늘 짧고 단정하며, 쓰고 있는 멋쟁이 안경은 패션 아이템인지 정말 시력이 안 좋아서 쓰는 건지 알 수가 없다.

나이는 슈이치 또래인 것 같은데, 서른 살에 이 회사를 설립한 이래 18년 동안 회사 규모를 조금씩 키워왔다. 지금은 슈이치를 포함해 직원이 총 여섯 명이다. 결코 큰 회사라고 할 수는 없지만, 혼자 시작한 사업을 이렇게까지 성장시켰다는 것은 보통 능력이 아니다.

실제로도 회사 실적 대부분을 와키야 혼자서 끌어오고 있는 셈이다. 회사에서 유일하게 10년 연속 'MDRT 멤버'에 이름을 올리는 것만 봐도 그는 명실공히 뛰어난 보험 세일즈맨이다.

MDRT란 보험, 재무 설계사 등 재정 전문가들로 이뤄진 국제 조직으로 협회 멤버가 되려면 상당한 금액의 보험 계약을 체결해야 하는 조건이 붙는다. 그 자격을 무려 10년 연속 유지한다는 것은 슈이치로서는 불가능에 가까운 일이었다. 아니 1년도 힘들지 않을까.

"예!"

슈이치는 놀란 가슴으로 황급히 대답하고는 와키야의 책상 앞으로 다가갔다. 와키야는 안경 너머로 서슬 퍼런 눈빛을 쏘며 슈이치를 노려봤다. 이런 눈빛은 예전에도 한 번 본 적이 있다. 슈이치가 계약한 보험이 해약 처리됐던 날이었다. 불길한 예감을 억누르며 슈이치가 한 번 더 대답했다.

"예…."

와키야는 손에 들고 있던 서류 꾸러미를 책상에 던지듯 내려놓고 안경을 벗었다. 잠시 후 다른 손으로 눈두덩이를 꾹 누른 다음 안경을 다시 쓰고 입을 열었다.

"사이도학원이라고 기억하죠?"

"예…."

슈이치의 목소리가 마치 당장이라도 공중에 흩어져버릴 것처럼 가늘게 떨렸다.

"계약 해지 통보가 왔어요."

슈이치는 자신도 모르게 신음 소리를 냈다.

열 달 전, 보험 영업을 하러 돌아다니다가 무언가에 이끌리듯 들어갔던 곳이 사이도학원이었다. 그날 운 좋게도 원장인 아사쿠라 유토가 "좀 더 상세한 이야기를 듣고 싶군요" 하면서 긍정적으로 관심을 보인 덕분에 그 자리에서 바로 보험을 계약했다. 알고 보니 최근에 아내가 임신을 해서 생명보험을 들어야겠다는 생각을 하고 있던 참이었다. 그야말로 순풍에 돛 단 배처럼 일이 술술 풀렸다.

사이도학원에는 거의 젊은 강사들만 있었는데 원장조차 보험이 없었던 걸 보면 보험 영업사원이 아직 발을 들이지 않은 것 같았다. 원장의 평판이 좋은지 "선생님들도 젊을 때

미리 보험을 들어놓는 편이 좋을걸"이라며 사심 없이 던진 그의 한마디에 저도요, 저도요, 하면서 강사들이 앞다퉈 보험 가입을 원하는 분위기가 됐다.

일은 일사천리로 진행됐고 다른 학원 강사들까지 소개를 받으면서 두 달 동안 무려 스무 건이나 되는 계약을 성사시켰다. 그때 슈이치는 '우와, 어떻게 내게 이런 행운이…'라며 흥분을 감추지 못했다. 그 계약들이 아니었다면 지금까지 이 일을 계속했을지 장담할 수 없을 만큼 당시 슈이치는 계약을 따내지 못해 압박감이 심했다.

"누가… 말입니까?"

슈이치는 정신을 수습해보려 했지만 너무 긴장한 탓인지 목이 말라붙어 소리가 제대로 나오지 않았다. 간신히 한마디를 쥐어짜냈다. 와키야는 깊은 탄식을 내뱉으며 머리를 가로저었다.

"전부."

슈이치는 머릿속이 새하얘졌다. 스무 건의 계약이, 그것도 1년 이내에 해지되다니. 다음 달 슈이치의 급여에서 그만큼 보험료가 빠지는 것은 물론이고, 회사는 지난 열 달 동안 받았던 보험료 전액을 해지한 사람들에게 모두 돌려줘야 했다. 대충 계산해봐도 어마어마한 금액이었다.

'말도 안 돼. 난 이제 끝이야….' 슈이치는 절망했다.

와키야의 책상 옆 벽에는 색지에 짧은 문구가 적힌 액자가 하나 걸려 있다. 누가 적었는지는 모르겠지만 와키야가 가장 좋아하는 말이다.

–플러스 사고로 누구보다 먼저 웃자!

와키야는 조회 시간마다 "플러스 사고로 성공합시다!"라며 직원들에게 의욕을 불어넣었다. 하지만 비관적인 성격을 타고난 슈이치는 그 말을 들을 때마다 '성공을 외친다고 해서 성공할 수 있다면 고생할 사람이 어디 있어' 하며 반론을 제기하곤 했다. 물론 머릿속으로만.

평소에도 염세적인 사람이, 더구나 이렇게 최악의 상황 앞에서 긍정적으로 생각하는 건 불가능하다. 거기에다 먼저 웃기까지 하라니 말도 안 된다.

멍하니 서 있는 슈이치를 향해 와키야가 말했다.

"거기 그렇게 서 있는다고 해결될 일이 아닙니다."

그제야 슈이치는 정신이 돌아왔다.

"아, 네…. 일단 제가 사이도학원에 가보겠습니다."

힘 풀린 목소리로 대답해보지만, 가본들 아무 소용이 없다는 것은 직원 모두가 알고 있다. 게다가 이런 아침 시간에 학원 문이 열렸을 리도 없다. 하지만 어느 누구도 슈이치를 잡지 않았다.

슈이치는 출근한 지 몇 분 만에 도로 사무실을 나섰다.

아사쿠라 원장은 멋쩍은 웃음을 지으며 슈이치에게 변명했다.

"저기… 도움을 많이 주셨는데 오카다 씨에게 무어라 드릴 말씀이 없네요. 하지만 상대가 학부모님이라서 도저히…."

이야기를 나누는 두 사람 옆으로 중학생들이 인사를 하면서 지나갔다. 원장도 정신은 학생들에게 가 있는 듯 "그래, 안녕" 하면서 인사를 건넸다.

곧 수업이 시작되는지 다른 강사들도 바삐 움직이고 있었다. 그들도 원장과 마찬가지로 해약한 입장이라 이쪽 상황이 신경 쓰이는지 힐끔힐끔 쳐다보며 원장이 알아서 잘 마무리 지어주기를 기대하는 눈치였다.

"곤란하시겠지만 일단 제가 상담을 좀 더 해드리면…."

"아니요, 상담해봤자 소용이 없을 것 같아요. 오카다 씨도 잘 아시잖아요. 보험 영업하는 아주머니 부대의 파워를…."

물론 너무나 잘 알고 있다. 슈이치도 벌써 이 일을 시작한 지 3년 차인 만큼, 갓 입사한 주부 사원들이 척척 계약을 따내고 순식간에 영업 실적을 달성하는 장관을 수시로 목격했으니까.

파도에 올라탄 그녀들의 기세와 열정은 슈이치로서는 도저히 흉내조차 낼 수 없는 분위기를 자아냈다. 무엇보다 슈이치의 딸도 학원에 다니고 있지만 아무리 궁하다고 해도 딸아이 학원 선생에게까지 보험 영업을 한다는 건 엄두도 나지 않았다.

"게다가 보험료가 워낙 저렴해서 어쩔 수가 없었어요. 오카다 씨한테 들었던 보험보다 한 달에 1만 4,000엔이나 세이브가 되니까요."

"그건…" 하면서 말을 이으려던 슈이치는 입을 꾹 닫았다. 보험료는 얼마든지 적은 금액으로 설계할 수 있다. 그런데도 그렇게 하지 않은 이유는, 고객인 아사쿠라의 장래와 그의 가족에게 필요한 보장을 제일 중요하게 생각했기 때문이다.

그리고 "좀 더 비싸더라도 적립식이 좋아요"라며 슈이치가 제안한 저렴한 보험 플랜을 거절한 사람은 바로 아사쿠라 자신이었다. 다시 말해 원장 본인도 충분히 이해하고 합의한 상태에서 맺은 계약이었다.

원장이 새로 계약한 보험회사 이름과 보험료만 들으면 그쪽에서 어떻게 계약 변경을 유도했고, 어떤 보장 내용이 빠졌는지 금방 알 수 있다. 그래서 제대로 상담해주고 싶은 마음이 강하게 일었지만 '타사를 헐뜯으면서 영업하지는 않겠다'는 소신 때문에 입을 닫아버린 것이다.

"보장 내용에 대해 다시 한번 상담할 기회를 주시면 저희도 보험료를 더 낮게…."

원장은 언짢은 표정으로 슈이치의 말을 가로막았다.

"오카다 씨, 죄송합니다. 곧 수업이라서요. 어쨌든 저는 계약을 이미 변경했고 또 바꿀 생각이 없습니다. 저도 관계를 중시하는 사람이기 때문에 학부모들과의 관계를 무시할 수가 없어요. 부디 이해해주세요. 다른 선생님들도 마찬가지입니다. 정말 죄송해요. 지금까지 감사했습니다…."

속사포처럼 말을 쏟아낸 원장은 그대로 머리 숙여 인사한 뒤 먼저 자리에서 일어났다. 슈이치는 한 번 더 매달려보려다가 결국 마음을 바꿨다. 와키야의 질책에서 벗어나려고 도망치듯 사무실을 나오기는 했지만, 이미 돌이킬 수 없는 일이라는 걸 처음부터 알고 있었다.

"알겠습니다. 이번 일은 유감입니다만, 지금까지 많은 도움을 주셔서 감사했습니다. 또 필요한 일이 생기시면 언제든지 연락 주세요."

슈이치는 최대한 침착한 표정으로 애써 미소를 띠며 말했다. 다시 연락이 올 일도 없거니와 설령 연락을 준다고 해도 그때는 자신이 이 일을 계속하고 있을 가능성이 지극히 낮다는 생각이 들었다. 원장의 얼굴에 그제야 안도의 빛이 퍼져나갔다.

건물 밖으로 나온 슈이치는 크게 한숨을 토했다.

날씨는 맑은데 거리는 젖어 있었다. 비라도 온 걸까.

주머니에 넣어둔 휴대전화에서는 아까부터 계속 진동이 울린다. 와키야 사장인가 했는데, 전화를 건 사람은 아내인 유코였다. 슈이치는 씁쓸한 마음으로 전화를 받았다.

"무슨 일이야? 지금 일하는 중인데…."

유코는 아랑곳하지 않고 말을 이었다.

"여보, 알고 있지? 오늘 유메카 담임 선생님이랑 면담 있는 날인 거."

유코도 초조해서인지 목소리에 날카로움이 묻어났다. 슈이치는 깜짝 놀라 시계를 내려다봤다. 딸 유메카 문제로 학교에서 면담 전화가 왔는데, 함께 가자는 유코의 말에 그러겠다고 약속해놓고는 까마득히 잊어버린 것이다. 슈이치는 얼른 능청스럽게 거짓말을 했다.

"당연히 알고 있지. 그런데 아직 일이 안 끝났어. 지금은 못 빠져나갈 것 같은데."

"그럼 됐어. 못 오면 못 온다고 연락이나 좀 해주지. 당신 안 되면 나 혼자 가야지, 뭐."

슈이치는 전화기 너머 유코가 듣지 못하도록 작게 혀를 찼다. 처음부터 '같이 가자'라고 하지 말고 '혼자 다녀올게' 했으면 좋았을 것을.

"면담 잘하고 와."

"알았어. 아, 그리고 여행사에 입금은 했어?"

슈이치는 순간 말문이 막혔다.

"아니…. 아직."

"빨리 입금해야지. 다음 주까지 안 넣으면 그냥 취소될 수도 있어."

"아, 저기… 그보다…."

"왜?"

"아니야, 아무것도. 일단 면담 잘 다녀와."

전화를 끊기 직전 유코의 한숨 소리가 들려왔다. 난생처음 파리 여행을 앞두고 한껏 부풀어 있는 아내에게는 미안하지만 여행을 계획할 때와는 전혀 다른 상황이 돼버렸다. 여행사에 입금하려던 돈은 고스란히, 아니 그보다 몇 배 더 많은 돈을 회사에 돌려줘야 한다. 슈이치는 아내에게 그런 말을 해야 한다는 생각을 떠올린 것만으로도 바위에 깔린 듯 마음이 무거워졌다.

담임 선생님이 어떤 이야기를 할지 대충은 알고 있다. 새 학기가 된 후 유메카가 학교를 빠지는 날이 늘어나고 있기 때문이다.

슈이치는 다시 한번 시계를 들여다봤다. 택시를 타면 20분쯤 늦게라도 도착할 수 있을 것 같다. 얼굴도장은 찍을 수 있을지도 모른다. 이내 슈이치는 거리로 나섰다. 100미터 정도 뒤쪽에서 택시 한 대가 다가오는 걸 보고 손을 들었는데 택시는 바로 앞 사거리에서 좌회전을 해버렸다.

"쳇."

슈이치는 차가 많이 다니는 큰 도로까지 나갔다. 걸어가면서 전화를 걸어야 했다. 아까 유코와 통화할 때 스마트폰 화면에 고향에 홀로 계신 어머니로부터 걸려온 착신 전화 표시가 떴다. 어머니가 이렇게 아들에게 전화를 하는 건 이유가 있을 때뿐이었다. 슈이치는 어떤 용건인지 몰라도 썩 밝은 내용은 아니리라는 예감이 들었다.

머릿속으로 이런저런 상상을 하며 고민해봤자 정신건강에 좋지 않다. 슈이치는 곧바로 스마트폰 화면을 두드려서 본가에 전화를 걸었다. 어머니는 전화벨이 여러 번 울려도 금방

받지 않는다. 시간을 보니 지금쯤 식사 준비로 주방에 계실 수도 있겠다. 슈이치는 본가 구조와 어머니를 떠올렸다.

어머니는 전화벨 소리를 듣고 싱크대 아래 손잡이에 걸린 타월로 젖은 손을 닦은 다음 전화기가 있는 방으로 걸어갈 것이다. 요즘 무릎이 안 좋다고 하셨으니 거기까지 가는 데도 시간이 꽤 걸리겠지.

빨간 신호등을 보고 서 있던 슈이치는 주변 사람들의 움직임이 느껴지자 비로소 파란 신호등으로 바뀐 것을 알아차렸다. 횡단보도를 반쯤 건너고 나니 그제야 어머니가 전화를 받았다.

"여보세요, 오카다 타미코입니다."

시대가 변하면 상식도 변한다. 어머니는 슈이치가 어릴 때, 전화를 받으면 정확하게 이름을 밝히는 것이 예의라고 가르쳤다. 그렇지만 지금은 전화받을 때 대부분 이름을 말하지 않는다. 스마트폰에 전화번호와 이름이 표시되니 등록돼 있지 않은 모르는 전화를 받을 때 굳이 자신의 개인정보를 알려줄 필요가 없다.

처음 보는 낯선 번호는 어쩌면 보이스피싱 사기범일지도 모른다. 그런 시대가 됐다. 수첩에 아는 사람들의 전화번호를 빠짐없이 적어 전화부를 사용하던 추억은, 개인정보에 예민해진 요즘 시대에는 도저히 믿을 수 없는 옛날이야기가 돼버렸다.

"어머니, 상대가 누구인지 모르니까 이름을 알려주면 안 된다고 말했잖아요."

지난 시절의 상식과 정반대의 상식을 이제는 아들이 부모에게 가르치고 있다.

"아 참, 그랬지."

타미코는 대수롭지 않은 일이라는 듯이 심드렁하게 대답했다.

"무슨 일이세요?"

"아니, 이번 여름휴가 때는 집에 올 수 있는지 어떤지… 궁금해서."

여름휴가 때 가족끼리 파리 여행 간다는 말을 아직 못 했다. 근데 뭐, 어차피 취소할 거니까….

"여름휴가요? 어떻게 할지 결정 안 했어요. 바쁘면 휴가를 못 갈 수도 있고. 왜요?"

슈이치는 설명하기 귀찮아 적당한 말을 둘러댔다.

"그렇구나, 시간이 되면 좋겠는데. 지난번 아버지 장례식 때도 정신이 없어서 아무 이야기도 못 나눴잖니. 언제 한번 시간 내서 집에 오렴. 앞으로의 일도 좀 이야기하고 싶어서 말이야….”

슈이치의 아버지 마사후미는 반년 전에 급작스럽게 돌아가셨다. 딱히 지병도 없고 늘 건강하다고 자신하다가 벌어진 일이라 슈이치와 타미코 모두에게 충격이 컸다. 아버지는 돌아가시기 1, 2년 전부터 볼일이 있어서 전화를 하면 뜬금없이 “다음에 언제쯤 올래?”라고 묻곤 했는데, 결국 한 번도 뵙지 못하고 말았다.

슈이치는 아버지가 돌아가시고 나서야 무리해서라도 한 번은 찾아뵀어야 했다며 늘 후회했다. 별 탈 없이 건강하셨기에 바쁘다는 핑계로 만남을 차일피일 미뤄왔던 것이다.

슈이치가 기억하는 아버지는 자식이 본가에 오기를 목이 빠져라 고대하는 그런 사람은 아니었다. 그런데 아들이 언제 집에 오는지 그토록 묻고 또 물었다는 것은 무언가 아들에게 꼭 전하고 싶은 말이 있었기 때문일까…. 이제는 확인할 길이 없으니 참으로 안타까운 일이다.

아버지가 돌아가신 시기는 다름 아닌 연말, 정말이지 눈코 뜰 새 없이 바쁜 시기였다. 신규 계약을 몇 건 더 하지 않으면 당장 생활에 타격이 가기에 정신적으로 쫓기던 때였다. 지금 생각하면 그렇게까지 몸부림치지 않아도 됐을 것 같은데, 당시엔 어쨌든 최대한 빨리 복귀해서 영업해야 한다는 생각뿐이었다. 밤새 차를 몰고 와 장례식장 근처 호텔에서 잠을 잔 다음 장례식 당일에만 얼굴을 빼꼼 내밀고 곧장 도쿄로 돌아왔다.

"조금 더 있다가 가면 안 되니?"라고 어머니가 물었지만 슈이치는 "요즘 엄청 바쁘고 중요한 시기라서요"라고 대충 대답하며 뒤돌아섰다.

슈이치의 부모는 시골 상점가 안에서 문구점을 운영했다. 점포가 들어선 건물의 2층이 주거공간이었는데, 방이 몇 개 없었기 때문에 슈이치는 그렇다고 쳐도 유코와 유메카가 머물기에는 불편했다. 그래서 결혼 후 슈이치 가족은 본가에 와도 잠은 호텔에서 잤다. 생각해보니 아버지 장례식 날에도 본가에는 얼굴을 내밀지 않았다.

"앞으로의 일요?"

슈이치는 조금 성가신 듯한 목소리로 물었다.

"무슨 이야기인데요? 전화로는 안 돼요?"

타미코는 얼버무리듯 웃으며 말했다.

"뭐, 안 될 건 없는데…. 전화로는 자세하게 말하기 어려우니까 나중에 편한 시간에 와서…."

슈이치는 손목시계를 쳐다봤다. 길게 통화할 시간이 없는데 어머니는 느긋하게 이야기를 끌고 있었다. 슈이치는 짜증스러운 감정을 굳이 숨기지 않은 채로 타미코의 말을 끊어버렸다.

"우선 유코랑 상의해보고 결정되면 연락드릴게요."

"그래, 무리는 하지 말고. 그나저나 일은 어떠니? 잘하고 있는 거야?"

"네, 그런 건 걱정하지 마시고요."

"몸조심하고…."

"알았다니까요…. 일단 바쁘니까 끊을게요."

"그래그래, 미안하다."

전화를 끊자 슈이치의 발걸음은 더욱 무거워졌다.

할머니가 운영하던 '오카다 문구점'이 상점가 아케이드 안으로 들어가면서 슈이치의 아버지가 물려받았고, 이름도 '팬시숍 오카다'로 변경했다. 슈이치가 초등학교에 들어갈 무렵이었다.

문구뿐만 아니라 캐릭터 용품들도 취급하게 되면서부터는 아무도 이곳을 문구점이라고 생각하지 않았다. 가게는 중고생들로 넘쳐났고, 평일인데도 하교 시간만 되면 가게 안에서 몇 발자국 움직이는 게 힘들 만큼 문전성시를 이뤘다. 당시 슈이치 부모님의 가장 큰 고민은 물건을 훔쳐가는 좀도둑들과 아이들이 세워둔 자전거 때문에 통행이 힘들다는 동네 민원이었다. 하지만 두 가지 모두 어떻게 해결하기 어려운 문제였다.

작은 시골 마을이지만 상점가는 늘 활기가 넘쳤고, 그중에서도 슈이치 부모님의 문구점 주변은 '시내에서 가장 입지가 좋은 상권'으로 불렸다. 아버지는 술을 마시면 "너는 네가 하고 싶은 일을 하면 된다. 이 가게만 있으면 돈 걱정 같은 건 안 해도 되니까" 하며 어린 슈이치의 머리를 손바닥으로 쓰다듬었다. 그럴 때마다 슈이치는 아버지가 장사 천재인 것만 같아서 자랑스럽고 감사할 따름이었다.

그런 말을 들은 것은 슈이치 하나만이 아니었다. 같은 상점가 아이들은 '가업을 이으면 돈을 벌 수 있구나'라고 확신했다. 자연스럽게 가업에 대한 긍지와 자부심이 아이들의 가슴속에 자리 잡았다.

그럼에도 불구하고 가업을 잇지 않고 도시로 나가서 일하는 사람이 더 많았던 이유는 큰 세상에서 많이 보고 배우는 편이 좋다고 판단한 부모들 때문이었다. 아이들은 부모의 생각과 달리 가게를 물려받고 싶어 했다. 하지만 슈이치와 친구들이 꿈꾸는 미래는 찾아오지 않았다.

슈이치가 대학을 다니던 때였는지 취직 후였는지 확실히

기억은 나지 않지만, 말 그대로 '정신을 차리고 보니'라는 표현처럼 상점가에서는 더 이상 예전의 활기를 찾아볼 수 없게 됐다.

시대의 흐름이 바뀌었다는 사실은 아버지가 가장 잘 알았다. 슈이치가 대학교 3학년 봄에 본가를 찾았을 때 이미 아버지는 술에 찌들어 있었고 "슈이치, 도시에서 열심히 살아라. 이런 곳에 돌아올 생각 같은 건 절대로 하면 안 된다"라며 이전과 180도 달라진 말을 했다. 그때 아버지의 비통한 표정을 슈이치는 지금도 잊을 수 없다.

세상의 흐름이 바뀐 뒤 부모님 가게가 추락해가는 모습은 정말이지 비참하기 짝이 없었다. 1년에 한 번, 슈이치가 본가를 찾을 때마다 주변 가게들이 셔터를 내렸고 사람들의 발걸음도 거의 없다시피 했다. 그 속도에 비례하듯 마사후미의 얼굴은 더는 승승장구하던 사업가의 모습이 아니었다.

결국 슈이치가 학교를 다니는 동안 문전성시를 이루던 '팬시숍 오카다'는 슈이치의 취직과 동시에 사람들로부터 외면을 당했다. 몇 년 지나지 않아 상점은 역사에 마침표를 찍었다. 마을 아이들로 발 디딜 틈 없던 팬시숍 오카다가 간판을 내리면서 상점가는 그야말로 '셔터 거리'라 불리는 상황을 맞았다. 앞뒤 30미터 반경에 문을 연 가게가 없었다. '여기가 정말 그토록 번화하던 거리가 맞나?' 하고 눈을 의심할 정도로 현실은 참담했다. 슈이치가 본가에 발길이 뜸했던 데는 이런 광경을 차마 보기 힘들다는 이유도 있었다.

어머니는 아버지가 작고한 후 줄곧 가게 2층에서 혼자 지냈다. 1층 가게는 재고 처리만 할 뿐 선반이며 집기류들은 고스란히 방치된 상태였다. 비가 오나 눈이 오나 상점가 아케이드를 몇 분만 돌면 필요한 모든 것을 구할 수 있었던 꿈같은 날들. 지금은 비가 오든 맑은 날이든 차를 타고 멀리 떨어진 대형 마트에 가야 물건을 구입할 수 있다.

그나마 아직은 어머니가 건강하시니 다행이지만 갑자기 덜컥 앓아눕기라도 하는 날에는 누가 수발을 들어줄까. 덩그러니 남겨질 본가는 또 어찌 처리해야 할까. 애물단지가 된 집을 제대로 처리할 수 있기나 할까….

어떤 식으로든 준비를 해야 한다는 사실은 알지만 지금으로서는 아무 생각도 하고 싶지 않다. 그러기에는 슈이치 자신의 코가 석 자 아닌가. 본가까지 생각할 여력이 없다.

하지만 오늘처럼 어머니한테서 전화가 오는 날에는 본의 아니게 생각을 할 수밖에 없다. 통증이 잠시 가라앉은 충치처럼 방치할수록 상황은 악화하고 언젠가는 참을 수 없는 고통으로 눈물 흘릴 것이 뻔하다. 처치는 빠를수록 좋다는 것도 알고는 있다.

슈이치는 크게 숨을 몰아쉬었다. 회사 일 하나로도 어찌할 줄 몰라 전전긍긍하는 상황인데 딸의 등교 거부, 아내가 실망할 여행 취소, 홀로 외로이 계신 어머니, 본가 처리 문제까지…. 슈이치의 머리는 폭발 직전이었다. 방 안에 혼자 있다면 머리를 쥐어뜯고 소리라도 질러보겠지만 사람들이 쉴 새 없이 오가는 대로변이니 아무것도 할 수가 없다. 당장이라도 울음이 터져버릴 것 같은 심정을 간신히 부여잡았다.

"…도대체, 왜, 나한테만 이런 일들이…."

바로 그때 택시 한 대가 다가오는 것을 느끼고 슈이치는 무의식적으로 손을 들었다. 택시는 라이트를 깜빡이며 천천히 다가와 슈이치 앞에 우아하게 멈췄다. '철컥.' 명료한 소리를 울리면서 뒷문이 열리고, 슈이치가 미끄러지듯 뒷좌석에 올라탔다. 차 안에서 추억의 향기가 그윽하게 풍겼다. 어머니 타미코가 너무 좋아해서 본가 작은 뒤뜰에 심었던 라벤더 향이었다.

"아, 저…."

슈이치는 택시를 세운 목적이 떠오르지 않았다. 택시가 보여 거의 본능적으로 손을 들기는 했는데 너무 많은 생각을 하느라 머릿속이 뒤죽박죽이었다.

룸미러 너머로 택시 운전사와 눈이 마주쳤다. 언뜻 보면 고등학생이라 해도 믿을 만큼 젊어 보이는 운전사가 빙그레 웃으며 "우선, 따님 학교부터 가시는 게 좋겠죠?"라고 말을 건넸다.

"아 참. 그거였지. 네, 부탁해요."

허둥지둥 대답을 하고 잠시 후, 슈이치는 무언가 깨달은 듯 온몸에 소름이 돋는 것을 느꼈다.

"저…."

슈이치가 말을 꺼내려는 순간, 택시는 달리기 시작했다.

운을 바꾸는 자

행운로
30
일방통행
TAXI

가속이 붙은 택시는 호기롭게 도로를 달린다. 슈이치가 목적지에 대해 한마디도 하지 않았건만 택시는 유메카의 학교를 향하고 있다. 룸미러 너머로 보이는 운전사의 얼굴은 전혀 안면이 없는 사람이다.

'처음 보는 사람인데 어째서 우리 딸이 다니는 중학교를 알고 있지? 어떻게 내가 가려던 곳을 알고 있는 거지?'

묻고 싶은 마음은 굴뚝같지만 너무 황당한 상황에 처하면 오히려 말이 잘 나오지 않는 법이다. 슈이치는 조수석 옆에 있는 운전사 이름표를 슬쩍 쳐다봤다. '오마카세 택시(맡겨 주세요, 택시)'라고 적혀 있다.

'오마카세 택시가 본명일 리 없지. 엉뚱한 사람이네. 딸아이 학교가 어딘지도 모르면서 무조건 미터기부터 올리고 보는 건가? 조금 가다가 그제야 어, 그런데 학교가 어디죠? 하면서 둘러대겠지.' 슈이치는 이 수상한 택시에서 바가지 쓰기 전에 내리기로 결심했다.

"이봐요, 운전사 양반. 차 좀 멈춰요."

운전사는 룸미러로 힐끗 슈이치를 쳐다봤다.

"왜 그러시죠?"

"왜 그러고 뭐고, 일단 멈추라니까. 당신 말이야, 이런 식으로 얼렁뚱땅 바가지요금 씌우려는 거 아니야!"

"네? 무슨 말씀이신지…."

운전사는 차를 세울 생각이 없다는 듯 계속 달리면서 룸미러 너머로 슈이치를 쳐다봤다.

"하지만 서두르시지 않으면 따님 상담이 다 끝나버리고 말 텐데요?"

슈이치는 버럭 소리를 지르려다 말고 침을 꿀꺽 삼켰다.

"뭐…뭐야? 그…그걸 어떻게 알고 있소?"

슈이치는 귀신에 홀린 듯한 표정으로 운전사를 쏘아봤다.

"그거야 뭐, 이런 일을 오래 하다 보면 승객이 어디에 무슨 일로 가는지 정도는 저절로 알게 됩니다. 오카다 씨가 지금 가시려는 곳이 미야비중학교잖습니까?"

'아무리 택시 운전사를 오래 했다고 해도 승객의 행선지를 저절로 알게 된다는 이야기는 금시초문이야. 하지만 운전사 입에서 나온 학교 이름은 정말로 딸아이 학교가 맞는데. 이 정도까지 알고 있다면 혹시 우리 집을 아는 사람인가? 게다가 오카다 씨…라고?' 딸아이의 학교부터 자기 이름까지 알고 있다는 사실에 슈이치는 눈앞의 젊은 운전사가 갑자기 무서워졌다.

"당신… 누구요?"

"네?"

운전사는 화들짝 놀라며 갈라진 소리를 냈다.

"누구냐니요. 손님의 운전사지요."

운전사는 가볍게 미소를 띠며 대답했다. 오늘따라 신호까지 맞아떨어지는지 택시는 한 번도 멈추지 않고 쭉쭉 잘도 달렸다.

"아! 그렇구나, 유코!"

슈이치는 이제야 알았다는 듯 혼잣말을 했다. GPS 기능을 사용하면 유코 스마트폰에서 슈이치의 위치를 확인할 수 있다. 조금 전 유코가 슈이치와 통화하면서 남편이 있는 곳을 확인하고 예약자 이름을 '오카다'로, 목적지는 '미야비중학교'라고 지정해 택시를 불러준 것이 분명했다. '잠깐, 그런데 왜 아까 택시에 탈 때 예약자 이름을 확인하지 않았지?' 슈이치는 어떻게든 상황을 납득해보려 했다.

"집사람이 차를 불러준 모양이죠?"

"아닌데요? 아까 손님이 직접 손을 들어서 택시를 세우셨잖습니까."

"그럼 어떻게 내 이름을 알고 딸아이 학교 이름까지…. 도대체 어떻게 알고 있는 거요!"

"어떻게…라고 당연히 궁금하시겠지만 세상에는 설명할 수 없는 일도 있는 법이니까요."

운전사는 몹시 난처한 표정으로 머리를 긁적이며 말을 이어갔다.

"하긴 손님이 놀라시는 것도 무리는 아닙니다만, 저로서는 '그냥 알고 있습니다'라고밖에 말씀드릴 수가 없네요."

"지금 그런 식으로 얼렁뚱땅 넘어가려는 거요!"

슈이치는 잔뜩 화가 난 얼굴로 쏘아붙였다.

"그러게 말입니다."

운전사는 쓴웃음을 지었고, 여전히 차는 내달렸다.

"목적지를 어떻게 알고 있는지 해명할 수는 없지만, 어쨌든 목적지까지 손님을 안전하게 모셔다드리는 것이 제 임무니까 저를 오해하신다고 해도 할 수 없네요. 아까 말씀드린 것처럼 세상 모든 일을 말로 다 설명할 수는 없거든요. 살다 보면 이런 일도 있답니다."

일단 슈이치가 가려던 목적지는 맞으니 지금은 조용히 타고 가는 게 최선이라는 생각이 들었으나 전체적인 상황이 썩 유쾌하지는 않았다. 그러다 문득 택시 미터기를 보는데… 미터기 숫자가 '69,820'을 가리키고 있었다.

깜짝 놀란 슈이치가 벌떡 상체를 일으켰다. 그러고는 조수석 의자를 붙들고 바짝 다가앉으며 운전사에게 소리쳤다.

"이봐! 그럼 그렇지. 이거 진짜 사기꾼 아니야! 내 뒷조사를 해놓고 이런 식으로 터무니없이 바가지를 씌우려…!"

슈이치의 감정이 격해지며 언성이 높아지던 순간, 미터기 숫자가 '69,730'으로 바뀌었다.

"어? 뭐야?! 이게 무슨…."

"운전하는 사람의 귀에 대고 그렇게 소리를 지르시면 사고 납니다. 요즘 법이 바뀌어서 뒷좌석도 안전벨트를 해야 하니까 벨트 꼭 매시고요."

"그게 문제가 아니라 무슨 요금이 이렇게 비싼 거야. 그리고 지금 미터기 금액이 거꾸로 줄어드는 것 같던데 어떻게 된 거지? 고장 난 거 아니야?"

운전사는 힐끗 미터기를 바라보더니 빙그레 웃었다.

"이거 말입니까? 멀쩡한데요?"

"뭐라고?! 대체 이 택시 뭐야, 다 필요 없으니까 그냥 내리겠소."

운전사가 한숨을 내쉬며 말했다.

"어쩔 수 없군요. 그럼 제가 설명을 해드릴 테니 침착하시고 좀 들어보실래요? 우선 벨트를 매주십시오. 그리고 걱정하지 마세요. 학교에 도착하면 안전하게 내려드릴게요."

"나보고 지금 그렇게 큰돈을 내고 택시를 타라고…."

"그런 걱정은 하지 말라니까요."

운전사는 슈이치의 말을 가로막으며 자못 심각한 얼굴로 말했다.

어색한 표정으로 다시 좌석에 등을 기댄 슈이치는 '제대로 설명 못 하기만 해봐' 하는 눈빛으로 룸미러 속 운전사를 노려봤다. 운전사는 그런 슈이치의 모습을 거울 속으로 바라볼 뿐 입을 열 기미가 보이지 않는다.

슈이치는 하는 수 없이 벨트를 맸다. '철컥' 하는 소리와 동시에 운전사의 표정이 밝아지더니 "고맙습니다"라고 인사를 건넸다. 벨트를 매서 고맙다는 건지, 자기 이야기를 들어줘서 고맙다는 건지, 둘 중 하나리라.

"조금 시간이 걸릴 것 같습니다."

"뭐요?"

"아, 길 말고 제 이야기 말입니다."

"상관없으니까 이야기나 어서 해봐요."

슈이치는 팔짱을 낀 채 운전사를 재촉했다. 그때 미터기 숫자가 '69,640'으로 바뀌었다. 잘못 본 게 아니라 확실히 숫자가 줄어들고 있었다.

"그러니까… 어디서부터 이야기를 하면 좋을까."

운전사는 잠시 고민하는가 싶더니 좌회전을 했다.

"오카다 씨는 운이 좋은 편입니까?"

운전사가 대뜸 뜬금없는 질문을 했다.

"운? 당신이 그런 걸 알아서 어쩌려고?"

"일단 대답부터 해주세요. 오카다 씨는 운이 좋으십니까? 아니면…."

"쳇, 인생이 다 거기서 거기라는 말은 거짓말이야. 내 인생은 운하고는 아무 상관이 없으니까. 오히려 재수 없는 일들뿐인데."

"그러시군요. 그런 사람의 운을 바꾸는 것이 바로 제 일입니다."

"도대체 무슨 말을 하는 거요?"

"말 그대로입니다. 운을 바꾸는 사람, 운전자(運転者)…. 처음에 제가 말씀드렸잖습니까, 저는 당신의 운전사라고."

슈이치는 점점 더 머릿속이 복잡해졌다.

"내 운을 바꾸는 게 당신의 일이라고? 무슨 소리를 하는지 도통 모르겠군. 당신 직업이 운전사라는 말은 맞지. 손님이 가려고 하는 곳에 데려다주는 운전사."

"아니라니까요. 손님의 운을 바꾸는 게 제 일입니다. 저는 지금 오카다 씨가 가려는 곳으로 데려다드리기 위해 달리는 것이 아닙니다. 오카다 씨 인생의 터닝 포인트가 될 장소로 모시고 가는 겁니다."

"말도 안 되는 소리 좀 그만해요. 목적지가 아니라 운이 좋아지는 곳으로 데려다준다니, 나 참 기가 막혀서!"

"지금은 잘 이해하지 못하시겠지만…. 운이 좋아지는 곳으로 모시는 것이 제 일이라는 사실은 분명합니다. 시간이 지나면 알게 되실 거예요. 아! 저기 미야비중학교가 보이네요."

"어?"

슈이치도 창밖을 내다봤다. 분명히 낯익은 거리였다. 아까 거기서 학교까지 차로 40분은 걸리는데 벌써 시간이 이렇게나 지났단 말인가?

운전사는 학교 정문 앞에 도착해 차를 세우고 뒷좌석 문을 열었다.

"다행히 늦지는 않았네요."

운전사는 뒤를 돌아보며 슈이치에게 미소를 지어 보였다. 미터기 요금은 '69,370'을 가리키고 있었다.

"당연한 소리지만 나는 절대로 저 요금을 낼 수 없소."

슈이치는 미터기를 가리키며 말했다.

"물론입니다. 이 숫자가 0이 될 때까지 오카다 씨는 요금을 내지 않으셔도 됩니다."

운전사는 빙그레 웃으며 대답했다.

슈이치는 그제야 경계심으로 잔뜩 힘이 들어가 있던 눈가의 주름을 폈다.

"뭐요? 요금을 안 내도 된다니."

운전사는 과하다 싶으리만치 크게 고개를 끄덕였다.

"얼른 들어가 보세요. 약속에 늦으면 여기까지 날아온 의미가 없잖습니까."

슈이치는 시계를 들여다봤다. 면담 시간은 5분이나 남았다. 이곳까지 오는 데 고작 10분밖에 안 걸렸다고?

"아…. 그럼."

택시에서 내린 후에도 '정말 요금을 안 내도 되나…' 하는 표정으로 찜찜해하는 슈이치를 뒤로한 채 뒷좌석 문이 '철컥' 자동으로 닫혔다. 이윽고 택시는 모퉁이를 돌아 사라졌다. 슈이치는 자신에게 벌어진 이 어이없는 일들이 당황스러웠지만 일단 교실을 향해 빠르게 발걸음을 옮겼다.

"뭐…뭐야, 저 자식?"

유메카는 중학교 2학년이 된 후 거의 학교를 가지 않았다. 말하자면 등교 거부인 셈이다. 초등학생 때는 아침에 집을 나서면서 "다녀오겠습니다!" 하고 발랄하게 인사하더니, 중학생이 되면서는 점점 그런 모습이 사라졌다. 학교생활이 생각보다 재미가 없는 것 같았지만 그래도 1학년 때는 꾸역꾸역 등교는 했다. 그런데 2학년이 되고부터는 머리가 아프다는 등 핑계를 대며 가지 않는 날이 늘었다.

친구들과 사이가 안 좋은가? 아니면 괴롭힘을 당하고 있는 건가? 여러모로 이유를 찾아봤지만 딸아이를 키워온 부모로서 내린 결론은 단순하게 '학교에 가기 싫기 때문'이었다. 슈이치는 고지식해서 학교에 가기 싫다고 등교를 포기해버린 딸아이를 이해할 수 없었지만, 의외로 유메카 말고도 반에 그런 아이들이 몇 명이나 더 있었다. 학교에 안 가면 친구도 못 만나고 참 심심할 것 같은데 아이들은 그렇지도 않은 모양이었다.

슈이치와 유코 모두 직장에 다녀 아침 일찍 집을 나온다.

그러다 보니 유메카가 등교하지 않는 날 집에서 무엇을 하며 지내는지 알 수가 없다. 아마도 온종일 침대에서 뒹굴뒹굴 구르며 스마트폰이나 만지작거리고 있지 않을까 싶다. 그러고는 다시 아침이 되면 “머리가 아파서 학교에 못 갈 것 같아요”라고 말한다.

“머리 아픈 건 알겠는데 네 미래를 생각한다면 조금 힘들더라도 학교에 가야 하지 않겠어?” 슈이치가 한번은 이렇게 말했더니, 유메카는 “아빠는 내가 얼마나 아픈지 모르니까 그렇게 말하는 거야!”라며 쏘아붙이고는 스마트폰을 들고 자기 방으로 들어가버렸다.

슈이치는 따라가서 대화를 나눌까 하다가 다음 날 출근이 부담스러워 그만뒀다. 이후로도 제대로 이야기를 나눈 적이 없다. 아내 유코도 파트타이머로 일하는데 제법 핵심 인력에 속하는 터라 일을 빼기 힘들어 유메카의 문제를 들여다볼 시간이 부족했다.

두 사람 모두 유메카가 하루빨리 학교에 복귀해야 한다고 생각만 할 뿐 차일피일 문제를 회피했다. “하루 종일 폰만 만지고 있지? 너 계속 그러면 폰 뺏는다!” 이렇게 으름장도 놔봤지만, “하루 종일 아닌데요?”라고 대답해버리니 더 할 말이 없다. 집 안에 CCTV라도 설치해서 감시해야 하나.

결국 유메카 문제에 구체적인 방안을 세우지 못한 채 '등교 거부'라는 슬픈 현실만 악순환될 뿐이었다. 한마디로 힘겨운 날들의 연속이었다.

유메카의 담임인 히가시데 선생이 먼저 면담 신청을 해온 탓에 자리에 앉은 슈이치 부부는 무척 긴장했다. 하지만 담임은 등교 거부를 하는 아이에 대한 면담치고는 마땅히 할 이야기가 없는 듯했다. 유메카가 집에서 어떻게 생활하는지 묻고, 학교에 나오게 되면 다시 열심히 시작해보자고 아이에게 전해달라는 둥 딱히 조언이라고 할 수 없는 당연한 이야기만 늘어놨다. 상담 내내 미소를 띠면서.

생기발랄한 이미지의 담임은 어린 딸이 있다는 걸로 보아 20대 후반에서 30대 초반쯤 된 듯했다. 인상은 괜찮지만 상담 내용이 너무나 형식적이어서 오늘 면담은 나중에 문제가 생길 경우 '담임으로서 최선을 다했습니다' 하고 빠져나갈 구멍을 만드는 꼼수가 아닌가 여겨질 정도였다. 슈이치 부부 역시 진지하게 상담할 마음이 내키지 않았다.

'도대체 이게 뭐지? 이런 얘기라면 전화로 해도 될 텐데 굳이 바쁜 사람들을 오라 가라 하면서?'

등교 거부를 하는 학생 이야기를 하면서 생글생글 웃는 선생의 모습을 보고 있자니, 마치 '나에겐 아무런 책임이 없어요'라고 말하는 것만 같아 화가 치밀어 오를 지경이었다.

슈이치는 분노가 일었지만 입 밖으로 꺼내지는 않았다. 그게 사실일지도 모른다는 일말의 불안감 때문이었다. 그래도 이왕 시간을 내서 왔으니 조금이나마 실속 있는 이야기를 나눠야 한다는 생각에 슈이치는 점점 초조해졌다.

남편의 표정을 읽은 유코가 상황을 수습하고자 "그럼 일단 유메카를 지켜보면서 개선해보도록 하겠습니다"라는 말로 대화를 마무리 지었다. 면담이 끝난 시간은 면담 시작 후 정확히 30분이 지나서였다.

'끝나는 시간까지 딱 맞아떨어지는군.'

슈이치는 마지막 순간까지 미소를 띠고 있는 선생의 얼굴을 보고 싶지 않아 의자에서 일어나자마자 교실 문 쪽으로 성큼성큼 걸어갔다. 그때 등 뒤에서 히가시데 선생의 목소리가 들렸다.

"근무하시다가 오셨을 텐데 죄송합니다."

머리 숙여 인사하는 그녀에게 슈이치는 고개를 까닥이며 "감사합니다"라고 대답하고는 곧바로 교실을 나왔다. 유코는 민망한 표정으로 선생에게 인사한 뒤 종종걸음으로 슈이치를 따라갔다.

"잠깐만, 당신 왜 그래?"

유코는 기분이 나빠 보이는 슈이치를 나무라듯이 말했다.

"…."

슈이치는 대꾸 없이 빠른 걸음으로 복도를 걸었다.

"왜 갑자기 기분이 상한 거야?"

유코의 따지는 듯한 말투에 슈이치는 걸음을 멈추고 돌아봤다.

"이런 식으로 한가하게 수다나 떨고 있을 만큼 시간이 남아도는 사람이 아니야. 한창 근무 중인 사람을 오라고 해서 기껏 택시까지 타고 왔더니 전화로 해도 될 이야기만 늘어놓고 있잖아."

"당신 입장은 이해하는데 선생님도 유메카에 대해 이야기하고 싶어서 시간을 내주셨고…."

"담임이라는 사람이 별생각이 없어 보였어. 그리고 무엇보다 나는 이럴 여유가 전혀 없다고!"

슈이치는 언성을 높였다.

당장 다음 달 급여에서 스무 명분의 보험료가 빠져나갈 예정이었다. 게다가 지금까지 입금된 열 달 치 보험료도 토해내야 한다. 어떻게든 한 건이라도 빨리 보험 계약을 해서 출혈을 최소화해야 하는데 이런 식으로 시간을 허비하다니.

물론 사정을 알 리 없는 유코는 슈이치가 갑자기 화를 내자 무척 당황스러웠지만 그의 격앙된 목소리에 눌려 입을 다물었다.

"어쨌든 나는 다시 회사로 들어가야 해."

슈이치는 말을 마치고 뒤돌아서서 다시 걸음을 재촉했다.

사실 지금 처한 상황을 아내에게 솔직히 설명하는 게 옳았지만, 혹시라도 그사이 새 계약이 들어와서 이번 사태의 충격을 줄일 수 있게 되면 그때 가서 이야기해도 늦지 않을 거라고 슈이치는 생각했다. 아니, 냉정하게 따져보면 이미 게임은 끝난 거였다. 그러니까 하루라도 빨리 유코에게 진실을 털어놓고 여행 취소뿐 아니라 앞으로의 생활에 대해서도 의논해야 했다.

그러나 슈이치는 도저히 용기가 나지 않았다. 무조건 뒤로 미뤄놓고 '제발 그런 날이 오지 않기를…' 하고 기도하는 철부지 어린아이가 된 심정이었다.

슈이치는 교정을 가로질러 걸으며 앞으로 어떻게 해야 할지 필사적으로 머리를 짜냈다. 하지만 아무리 생각해도 해답이 보이지 않는다. 더 이상 방법은 없다. 최선을 다해보는 수밖에.

'최선을 다한다.'

이제는 그 말의 의미조차 모르겠다.

“나 지금 바빠. 이렇게 시간 낭비할 겨를 없어”라는 말을 뒤로하고 달려나온 길이다. 그런데 지금부터 무엇을 해야 하지? 어디로 가야 하는 거야. 어떻게 최선을 다하면 될까…. 도무지 알 길이 없다.

포인트카드

행운로
30
일방통행
TAXI

와키야 사장은 조회 내내 아무 말이 없었다. 물론 출근할 때 슈이치가 건넨 인사에 대꾸는 했지만 그때도 냉정하게 "네" 하고 짧은 대답만 했을 뿐이다. 얼굴은 무표정했으나, 슈이치에게 무슨 말을 어떻게 꺼낼지 고민하는 것처럼 보이기도 했다.

슈이치는 더 이상 사무실에 앉아 있을 수가 없어서 조회가 끝나자마자 밖으로 나왔다.

'해지된 계약을 한 건이라도 되살려보려고 안간힘을 쓰는구나.' 주변 사람들이 그렇게 봐주지 않을까 하는 약간의 기대도 있었다.

"외근 다녀오겠습니다."

인사를 하면서 슈이치는 와키야 쪽을 힐끗 쳐다봤다. 다른 직원들은 "다녀오세요" 하고 평소처럼 응답해줬는데, 와키야는 미동도 없이 서류만 들여다봤다.

쫓겨나듯 허둥지둥 사무실을 나와 엘리베이터에 오른 슈이치의 머릿속에는 딱 한 가지 생각뿐이었다. '이제 어디로 가지.' 숨 막히는 사무실을 벗어난 것까지는 좋았는데 정작 어디로 가야 할지 모르겠다.

슈이치는 답을 찾지 못한 채 빌딩 정문을 나섰다. 오전 9시를 갓 넘긴 시간이건만 벌써부터 아스팔트에서 뿜어져 나오는 열기 때문에 현기증이 날 것 같았다. 오늘 하루도 불볕더위에 어지간히 고생하겠군.

역 쪽으로 걸음을 옮기려는 찰나 슈이치 쪽으로 택시 한 대가 다가오는 것을 발견했다. 설마 했는데, 손을 들기도 전에 택시가 슈이치 앞에 멈춰 섰다. 창문 너머로 운전사의 얼굴이 보인다. 어제 만났던 사람이 틀림없다. 이름도 분명히 '오마카세 택시'.

슈이치는 순간 망설였다. 어제는 너무 많은 일이 닥쳐서 잠시 이 택시를 잊었지만 생각해보면 진짜 귀신이 곡할 노릇이었다. 그런데 그 택시가 오늘 또 이렇게 자신을 찾아오다니. 미행이라는 의심을 하지 않을 수 없다.

슈이치는 열린 뒷자리 문으로 빼꼼히 택시 안을 들여다보며 운전사에게 말했다.

"어제 택시 요금 받으러 온 거요?"

운전사는 호탕하게 소리 내어 웃었다.

"그런 말씀 마세요. 제가 어제 설명해드렸잖습니까. 손님은 이 미터기가 0이 될 때까지 무료 탑승이라고요. 자, 어서 타세요."

슈이치는 미터기를 쳐다봤다. '69,370.' 일부러 기억해둔 것은 아니지만 어제 내릴 때 봤던 숫자 그대로였다.

"타라뇨? 내가 어디로 갈 줄 알고?"

슈이치는 짓궂게 물었다. 어제 운전사가 말하기를, 오랜 세월 이 일을 하다 보니 승객의 목적지를 알 수 있다면서 실제로 아무 말도 하지 않은 슈이치를 유메카의 학교로 데려다줬다. 하지만 지금은 슈이치 본인조차 어디로 가야 할지 모른다. 그런데 택시가 와 있다.

'도대체 나는 어디로 가는 걸까.'

"어제와 마찬가지입니다. 오카다 씨가 가셔야 할 곳으로 모셔다드리겠습니다."

운전사가 재빨리 대답했다.

'가셔야 할 곳'을 모셔다드린다는 기사의 말에 슈이치는 마음 깊은 곳에서부터 알 수 없는 충동이 솟구쳤다. 솔직히 사무실을 뛰쳐나온 것까지는 좋았는데 어디로 가야 할지 몰라서 괴로워하던 참이었기 때문이다. 슈이치는 일단 뒷좌석에 올라탔다.

"문 닫겠습니다."

운전사의 말과 동시에 '철컥' 하고 묵직한 소리를 울리며 문이 닫혔다. 택시는 또다시 미끄러지듯 달리기 시작했다. 슈이치는 룸미러 너머로 운전사의 표정을 응시했다. 그는 긴장하는 기색 하나 없이 평온한 표정으로 운전에 집중했다.

"내가 가야 할 곳을 당신이 어떻게 알고 있는 거요?"

슈이치는 의심을 가득 담은 눈빛으로 물었다.

"어떻게라니요. 어제 제가 말씀드렸을 텐데요. 오랫동안 이 일을 했기 때문이라고요. 오카다 씨가 가셔야 하는 장소 정도는 당연히 알고 있습니다. 이래 봬도 이쪽 방면에서는 꽤 프로니까요."

운전사가 피식 웃었다. 정말이지 얼토당토않은 소리라고 생각했지만 어차피 어떤 질문을 해도 이해되는 답변이 돌아오지는 않으리라. 슈이치는 한숨을 토해냈다.

"저…. 혹시…."

거울 너머로 슈이치를 살피던 운전사가 말을 꺼냈다.

"왜요?"

"어제 저를 만난 다음에 운이 좋다거나 뭔가 평소와 다르다는 느낌, 없었습니까?"

"네?" 슈이치는 어제 운전사가 했던 말을 떠올렸다.

'손님의 운을 바꾸는 게 제 일입니다. 저는 지금 오카다 씨가 가려는 곳으로 데려다드리기 위해 달리는 것이 아닙니다. 오카다 씨 인생의 터닝 포인트가 될 장소로 모시고 가는 겁니다.'

슈이치는 코웃음을 쳤다.

"바쁜 사람을 시간 낭비하게 해놓고 무슨 운이 좋아졌다는 건지. 면담에는 늦지 않았지만 시간만 버렸어요. 그따위 이야기라면 전화로 해도 될 텐데 바쁘게 일하는 사람을 굳이 오라고 하더니 열받게 만들고 말이야…."

"아…. 역시."

운전사는 힘껏 핸들을 붙들더니 갑자기 큰 소리로 말했다.

"저도 조금 불안한 예감은 들었어요. 일을 그르치게 되지 않을까 싶어서요."

"대체 무슨 말을 하는 거요?"

"그러면 안 되는 거였어요. 그렇게 화부터 내실 일이 아니었단 말입니다."

"당신이 뭘 안다고 그래!"

슈이치가 버럭 소리를 질렀지만, 운전사는 개의치 않고 말을 이어갔다.

"잘 알고 있습니다. 생계를 유지하게 해주던 계약이 스무 건이나 갑자기 해지되고 다음 달부터 급여도 줄어들죠. 더구나 열 달 치의 보험료를 토해내야 하고요. 보너스도 위태롭죠. 따님은 사춘기가 시작되면서 학교에 잘 가지 않고 반항하는 데다가 아내분은 이런 사실을 전혀 모른 채 여행 생각에 들떠 있고요. 해결해야 할 문제들이 산더미 같은데 본가의 어머님이 신경 쓰이는 전화도 하셨죠. 그런 상황에서 일부러 시간을 내어 아이 상담을 갔건만 아무 실속도 없이 기분만 언짢아져서 돌아오신 거고요."

"…."

슈이치는 너무 놀라서 입을 다물 수가 없었다.

"어떻게 그걸 다…."

"얼마나 힘드셨어요. 괜찮으세요, 오카다 씨? 그런 상황이 되면 누구라도 당황스럽고 화가 날 겁니다. 충분히 이해해요. 하지만 말씀드렸듯이 제가 하는 일은 손님의 운이 좋아지는 곳으로 모셔다드리는 겁니다. 바로 그곳에서 오카다 씨 인생의 운이 확 바뀌는 겁니다. 아니, 바뀔 예정이었죠. 그런데 안

타깝게도 기회를 놓쳐버리셨어요."

"무, 무슨 말을 하는 건지…."

슈이치는 몹시 당황스러워서 말을 더듬었다.

"오카다 씨가 교실에 도착하기 전 아내분이 먼저 도착해서 담임 선생님과 어떤 이야기를 나눴는지 아시나요?"

"그야 당연히 유메카 이야기겠지…."

운전사는 고개를 가로저었다.

"당신의 일과 관련된 이야기였습니다."

"내 일?"

"그렇습니다. 아내분이 '아이 아빠는 일 때문에 못 왔습니다'라고 했어요. 그러자 선생이 '무슨 일을 하시는데요?'라고 물었고 '생명보험 영업이에요'라고 대답하자 '어머, 안 그래도 마침 제가 보험을 들려고 생각하고 있었는데 아버님께 부탁 좀 해도 될까요?'라는 말이 돌아왔죠. 그뿐 아니라 그날 이후로 다른 선생님들도 히가시데 선생의 권유로 보험 가입을 긍정적으로 생각하게 되고…. 몇 년 후에는 다른 학교로 전근 간 선생님들이 또 그곳에서 보험을 권하고…. 이렇게 차례차례 진행됐어야 했는데…."

"자, 자, 잠시만!"

슈이치는 머릿속이 혼란스러워 정리를 해야겠다는 생각으

로 운전사의 말을 끊었다.

“그러니까… 그걸 당신이 어떻게 알고 있지?”

“전에도 말씀드렸다시피 세상에는 설명할 수 없는 일도 있습니다. …그저 오랫동안 하다 보니 알게 되는 거예요. 외야수가 높이 뜬 공을 잡는 것처럼 말이죠. 저쪽에서 날아오는 공이 어떻게 이곳에 떨어질 줄 알았는지 묻는다면, 그건 계산이 아니라 경험이거든요. 공의 처음 속도라든가 바람의 방향과 회전 각도, 방망이에 공이 맞았을 때의 위치와 소리, 투수가 던지는 공의 세기와 타자의 근육량. 사실 공이 떨어지는 위치를 결정하는 요소는 너무너무 많을뿐더러 모든 게 복잡하게 엮여 있답니다. 설령 그 모든 것을 고려해 낙하 지점을 계산했다고 해도 떨어지는 공을 거뜬히 잡아내는 선수는 많지 않아요. 그런데도 수많은 경험과 감각으로 단련돼 공이 떨어질 곳으로 달려가는 선수가 있잖아요? 그것과 마찬가지입니다.”

운전사는 룸미러 너머로 슈이치를 힐끗 쳐다보고는 낙담했다. 비유가 어려웠던 탓인지 슈이치가 전혀 모르겠다는 표정을 지었기 때문이다.

“어쨌든 이건 정말 중요한 이야기니까 절대로 잊어버리시면 안 됩니다. 운이 극적으로 바뀌는 순간, 인생에는 그때가 분명히 있거든요. 우리 모두에게는 그 타이밍을 포착할 수 있는 안테나가 있어요. 안테나의 감도는 기분이 좋은 때 가장 정확해집니다. 반대로 기분이 나쁘면 안테나는 작동하지 않아요. 사소한 일로 기분을 망치는 바람에 대운을 놓친다면 얼마나 원통하겠습니까. 바로 어제의 오카다 씨처럼 말이죠."

"기분이 나쁘면 운을 놓친다…?"

"바로 그거예요! 늘 화가 나 있는 사람은 인생을 뒤바꿀 만한 운이 찾아온 순간을 깨닫지 못하고 당장 기분 나쁜 자리를 벗어날 생각만 하거든요. 더욱이 제가 하는 일을 말씀드렸잖습니까. 운이 좋아지는 곳으로 모셔다드린다고 분명히 말씀드렸는데, 그곳에서 그렇게 언짢아하며 자리를 박차고 나오시다니 정말 말도 안 되는 이야기예요. 다음부터는 그러시면 안 됩니다."

"운이 좋아지는 곳…."

"다시 한번 말씀드릴게요. 밝고 긍정적인 마음을 갖지 않으면 운의 기회를 잡을 수 없습니다. 걸핏하면 짜증이나 화부터 내고 부정적인 생각에 사로잡혀 있는 사람은 엄청난 기회 앞에서 허둥지둥하며 얼른 이 상황이 끝나기만을 바란다는 말입니다."

"잠시만!"

슈이치가 입을 열었다.

"그러니까 당신 말대로 어제 상담할 때 내가 화를 내고 나와버리지 않았다면 운의 기회를 잡아서 계약이 쏟아지기라도 했을 거라는 뜻이오?"

"그렇다니까요. 대충 어림잡아도 히가시데 선생 덕분에 생긴 인연으로 2년 동안 쉰 건 정도의 계약이 성사됐을 겁니다. 당연히 오카다 씨는 회사에서 최고 실적을 달성한 영업맨에 올랐을 테고요."

슈이치는 코웃음을 쳤다.

"참 나, 그런 인생 역전 드라마 같은 이야기를 나보고 믿으라고?"

운전사는 크게 한숨을 몰아쉬며 고개를 가로저었다.

"안 믿으셔도 하는 수 없죠. 믿든 안 믿든 전적으로 오카다 씨 자유니까요."

운전사는 포기한 듯 입을 닫고 운전에만 집중했다.

슈이치도 속마음으로는 운전사가 하는 말이 사실일 거라고 믿고 싶었다. 자기 일을 이리도 속속들이 알고 있으니 그럴 만도 했다. 아무도 모르는 일을 이토록 상세히 알 정도라면 앞으로의 일들을 꿰뚫는다고 해도 이상할 게 없다. 결국 운전사 말처럼 유메카 담임 덕분에 보험 계약이 쏟아질 수 있었는데 미련하게 화를 내며 자리를 박차고 나와버린 탓에 절호의 기회를 놓쳤다는 말이 아닌가!

"…지금 뭐가 뭔지는 솔직히 잘 모르겠지만 운전사 양반 말이 맞는 것 같기도 하군."

슈이치는 풀이 죽어서 말했다.

"저기, 오카다 씨. 당신 운을 좋게 바꿔드리기 위해 온 사람이 거짓말을 해서 무슨 득이 되겠습니까. 게다가…."

"게다가?"

"게다가 백 보 양보해서 제가 말씀드리는 오카다 씨의 미래가 모두 저의 망상이고 거짓말이라 해봅시다. 현실적으로 보더라도 늘 얼굴을 찌푸리고 있는 영업사원한테 보험을 들겠다고 찾아오는 사람이 있겠습니까?"

"그거야…."

슈이치는 말문이 막혔다.

슈이치가 다니던 회사에 사표를 내고 지금 회사로 옮긴 지 얼마 안 됐을 무렵, 와키야 사장에게 보험 영업의 노하우를 물어본 적이 있었다. 슈이치 자신이 이 일을 계속할 수 있을지 불안한 이유도 있었지만, 무엇보다 와키야가 능력자라는 것은 옆에서 조금만 지켜봐도 금방 알 수 있었다. 딱히 소매

걷어붙이고 영업을 뛰지 않아도 척척 계약이 들어오는, 그야말로 알아서 고객이 찾아오는 사람이었다. 그것이 세일즈맨으로서 와키야의 진면목이었다. 슈이치는 그 비법을 한 수 배우고 싶었다.

와키야는 슈이치의 질문에 이렇게 대답했다.

"언제 어디서든 밝고 즐거운 마음으로 생활하면 됩니다. 언제라도, 어떤 상황에서도."

"그것뿐인가요?"

슈이치가 맥이 빠진다는 표정으로 되물었다.

"네, 그것뿐이에요. 보험은 누구에게나 필요합니다. 모든 사람이 오카다 씨의 고객이 될 수 있어요. 하지만 고객은 내가 필요할 때 척척 나타나지 않아요. 중요한 점은 누구에게나 '아, 얼른 보험 들어야겠다'라는 생각이 들 때가 있고, 바로 그런 순간에 '참! 그러고 보니 그때 그 사람 보험 일을 한다고 했지' 하고 오카다 씨 얼굴이 떠오르도록 준비해야 한다는 겁니다. 그렇기 때문에 언제 어디서든 밝고 긍정적으로 환하게 웃는 사람이 돼야 해요."

와키야는 웃으며 말을 이었다.

"기가 막힌 영업 비법이라도 알려줄까 잔뜩 기대한 얼굴이네요. 실망스러운가요? 하지만 언제 어디서나 웃을 수 있는 건 결코 쉬운 일이 아닙니다."

그렇게 말을 마치고 생맥주를 들이켜던 와키야의 옆모습이 슈이치의 뇌리를 스쳤다.

"운전사 양반 말이 맞소. 걸핏하면 짜증 내고 불평불만만 늘어놓는 영업사원한테 보험을 들겠다고 할 사람은 없지. 어제 그 교실에서 나는 일생일대의 기회를 잃어버렸는지도 몰라. 그래서 결국 요 모양 요 꼴로…."

운전사는 너무 심하게 몰아세웠나 싶은 마음에 살짝 걱정이 됐지만, 이내 표정을 고치고 슈이치에게 말했다.

"오카다 씨 심정은 십분 이해가 갑니다. 그런데 보험 영업뿐 아니라 무슨 일이든 얼굴을 찡그리고 있는 사람이 성공한 예는 없어요. 물론 밝고 긍정적으로 살면 절호의 기회를 거머쥘 수 있다는 사실을 안다고 해도, 그게 참 현실적으로는 지키기 어렵잖아요…. 그렇게 주눅 들 필요 없어요. 지금부터가 중요합니다. 이제부터는 매사를 긍정적으로 생각하고 웃으면 돼요."

"이제부터는…이라면."

앞으로도 이 운전사가 자신 앞에 나타난다는 뜻인가…. 슈이치는 문득 지난번 운전사가 했던 말이 떠올랐다.

"정말로 그 미터기 숫자가 0이 될 때까지 내 앞에 계속 나타날 거란 말이오?"

"네, 맞아요."

"그동안 계속 공짜로?"

"그렇다니까요."

"아니, 도대체 왜 돈 한 푼 받지 않고 택시를 태워주고, 그것도 모자라 나를 운이 좋아지는 곳으로 데려다준다고 하는 거요?"

운전사는 룸미러 속의 슈이치를 바라봤다.

"자꾸 왜냐고 물으시는데…. 그게 제 일이기 때문입니다. 물론 여전히 의심스럽고 궁금해하는 게 당연하지만 걱정 마세요. 택시비는 절대로 청구하지 않습니다. 약속할게요. 요금은 이미 내셨으니까 안심하셔도 됩니다."

"뭐라고요?"

슈이치 본인 말고 다른 사람이 그 비싼 택시비를 냈다는 말인가? 도대체 누가? 왜? 슈이치가 다시 입을 열려는 순간, 운전사가 말했다.

"그리고… 그 숫자는 돈이 아니에요."

"그럼?"

"포인트입니다."

"포인트?"

"네, 이제 69,280포인트 남았군요. 오카다 씨는 포인트만큼 이 택시를 더 탈 수 있어요."

여전히 머릿속이 뒤죽박죽이었지만 어쨌든 요상한 운전사에 따르면 미터기 숫자는 '금액'이 아니라 '포인트'라는 말인 것 같다. 그렇다면 더욱더 궁금해지지 않을 수가 없다. 무엇에 대한 포인트라는 걸까.

슈이치는 쓴웃음을 지으며 입을 열었다.

"이봐요. 어제부터 당신이랑 줄곧 이야기를 하고 있는데 당최 무슨 말인지 모르겠군. 좀 더 내가 알아듣기 쉽게 설명해주면 안 되겠소? 진정한 베테랑 운전사라면 목적지까지 손님의 몸과 마음이 불편하지 않도록 신경 쓰는 것도 당신 임무 아닙니까?"

운전사는 가볍게 끄덕였다.

"맞는 말씀입니다"라고 대답한 운전사는 조수석 쪽으로 손을 뻗어 무언가를 꺼내더니 슈이치에게 건넸다. 그리고 다시 왼손으로 핸들을 잡은 채 전방을 응시하며 운전에 집중했다. 슈이치는 조심스레 그것을 받아들었다.

"이건…."

반으로 접은 명함 크기의 카드. 어딘가에서 본 적이 있는 것 같은데 정확히 기억은 안 난다. 인쇄된 그림이 눈에 익기는 하지만 그림 풍도 조금 오래된 듯하고 종이도 꽤 연식이 느껴진다. 어떤 가게의 포인트카드겠거니 생각했던 슈이치는 반으로 접힌 종이를 열어보고 나서야 정체를 깨달았다.

'팬시숍 오카다.'

슈이치 부모의 집 주소와 전화번호가 적힌 포인트카드에는 서른 개의 스탬프가 모두 찍혀 있었다. 500엔 상당의 상품권으로 사용할 수 있는 카드인데 사용한 흔적은 없었다.

"이걸 어디서…."

"당연히 그 가게에서 얻었죠."

"하, 말 같지도 않은 소리 좀 그만해요. 이 카드는 벌써 한참 전에 문을 닫은 부모님 가게의 포인트카드인데 어떻게 당신이 이걸 가지고 있다는 거요!"

"저는 '운전(運転)'의 프로입니다. 당연히 '운'에 대한 이야기를 하고 있는 거고요."

운전사는 슈이치의 질문을 무시하고 자기 이야기를 시작했다.

"어제 제가 오카다 씨에게 했던 질문 기억하시나요?"

"그게 뭐죠?"

"운이 좋다, 어떻다, 이런 이야기를 했잖습니까?"

"응? 아아…. 기억나지, 기억나요."

슈이치는 혼이 빠진 듯 건성으로 대답했다.

"제가 사실은 거짓말을 좀 했습니다."

"무슨…."

"네, 제 일이 오카다 씨의 운이 좋아지는 장소로 모셔다드리는 거라고 말씀드린 이유는 그렇게 설명하는 편이 이해하기 쉬울 듯해서였습니다. 하지만 애초에 운이라는 건 '좋다', '나쁘다'로 표현할 수 있는 게 아니에요."

"무슨 말입니까?"

"그러니까 결국 운이 좋은 사람이라는 표현 자체가 말이 안 되고, 당연히 운이 나쁜 사람도 없는 거죠. 운이란 좋고 나쁘고의 문제가 아닙니다."

"그럴 리가. 지금 나한테 얼마나 끔찍한 일들이 벌어지고 있는지나 아쇼? 그리고 내 주변에만 해도 얼마나 운 좋은 놈들이 많은데."

"하하하."

운전사가 박장대소를 했다.

"진심으로 그렇게 생각하는 건 아니시죠?"

운전사의 태도에 조금 불쾌해진 슈이치의 미간에 주름이 잡혔다.

"혹시 오카다 씨가 말씀하신 운 좋은 놈이라는 사람들이 아무것도 하지 않았는데 그런 운 좋은 일들이 생겼다고 생각하십니까?"

"그건…."

슈이치는 표정이 굳어졌다.

"아니, 꼭 그렇다는 건 아니지만 똑같이 노력해도 좋은 일만 생기는 놈이 있고 그렇지 않은 놈이 있다는 이야기를 하는 거요."

"그럼 오카다 씨는 본인도 그들처럼 열심히 했는데 나쁜 일들만 생긴다는 말씀이신가요?"

"아니, 내가 그렇다는 게 아니라 일반적으로 그런 경우가 많다는 이야기라니까."

"그렇지 않습니다."

운전사가 딱 잘라서 말했다.

"잘 알아두세요, 오카다 씨. 운은 후불입니다. 아무것도 하지 않고 좋은 결과를 얻는 법은 없어요. 포인트 적립 없이 혜택을 받을 수 있나요? 그런 행운을 기대하는 사람은 없잖아요. 그런데 사람들은 참 이상하게도 운에 대해서만큼은 엄청나게 기대를 하더라고요. 적립도 하지 않고 혜택부터 잔뜩 바라죠."

슈이치는 손안에 들어 있는 포인트카드를 물끄러미 바라

봤다.

“그 포인트카드는 500엔짜리 상품권이나 마찬가지입니다. 그걸 어떻게 알 수 있죠? 바로 그만큼의 포인트가 적립되기 때문입니다. 그런데 포인트카드를 받자마자 500엔의 혜택을 먼저 쓰고 나중에 포인트를 적립할 수 있나요? 세상에 그런 포인트카드는 없어요. 운도 마찬가지입니다. 사람들은 ‘운이 좋다’라는 말을 할 때 적립은 생각하지도 않고 무조건 좋은 일이 일어나기만을 기대하죠.”

“운이 이 포인트카드와 같다는 말을 하는 거요?”

“그렇습니다. 운이란 건 ‘좋다’, ‘나쁘다’가 아니라 ‘사용한다’, ‘적립한다’라고 해야 정확한 표현입니다. 먼저 운을 ‘적립’한 다음에, 그게 어느 정도 모이면 운을 ‘사용’할 수 있는 겁니다. 사람에 따라서 적립이 되면 바로바로 사용하는 경우가 있고, 많이 모아뒀다가 목돈처럼 사용하는 경우도 있어요. 이 두 경우를 보고서 ‘저 사람 참 운이 좋네’라고들 말하는데, 사실은 미리 적립해놓은 운 포인트를 사용하는 것일 뿐이랍니다.”

슈이치는 다시 한번 포인트카드를 내려다보면서 운전사의 말을 곱씹었다.

“운은 좋고 나쁘고가 아니라 적립해서 사용한다….”

"적립도 하지 않은 고객이 포인트를 사용하게 해달라고 억지를 부리면 가게 입장에서는 난처하겠죠. 운도 마찬가지예요. 운을 모아놓지도 않고 다른 사람만 운이 좋다며 시기하는 건 생떼죠."

"그럼 운이 좋아 보이는 사람은 운이 나쁜 사람보다 평소에 운을 많이 적립해놨다는 말이오?"

"바로 그거예요. 자신이 모아둔 운을 사용하는 것뿐인데 주변 사람들이 볼 때는 '운이 좋게' 보이는 거죠."

슈이치는 여전히 심각한 표정으로 팔짱을 꼈다. '그렇구나' 하고 수긍하는 마음과 '이상한 운전사의 말을 곧이곧대로 믿을 수는 없어' 하고 반발하는 마음이 속에서 치열하게 싸우고 있었다. 결국 슈이치는 고개를 가로저으며 운전사에게 쏘아붙였다.

"아니, 아무리 생각해도 세상에는 운 좋은 놈과 무지하게 운 나쁜 놈이 있어. 태어나면서부터 고생 하나 없이 잘 먹고 잘사는 금수저가 있는가 하면, 죽도록 애쓰고 발버둥 쳐도 안 되는 흙수저가 있잖아. 승부의 세계란 그런 거지. 노력한 사람이 무조건 이기라는 법은 없거든. 누구보다 피땀 흘리며 노력해도 쓰라린 패배에 눈물 흘리는 인간들이 있단 말이야. 당신이 하는 이야기는 이상에 불과할 뿐 현실은 절대로 그렇지 않소."

운전사는 거울 너머로 슈이치를 힐끗 쳐다봤다. 그와 눈이 마주쳤지만 슈이치는 계속해서 말을 이었다.

"그런 이상론을 들으면 가슴이야 설레겠지만 내 나이 정도 되면 현실은 전혀 다르다는 것을 알게 될 거요."

운전사는 쓴웃음을 지었다.

"뭐, 운에 있어서 나이는 크게 상관이 없는 것 같지만…. 어쨌든 최선을 다했는데도 보상을 받지 못한다면 그 노력은 사라지지 않고 운으로 쌓입니다. 노력의 결과를 보상받는 사람은 자신이 조금 모아뒀던 운을 남들보다 빨리 사용하는 것일 뿐, 그저 운이 좋아서 그런 게 아니에요. 똑같이 노력해도 결과가 나오지 않아 답답하다면 그만큼 운을 적립해두는 거라고 생각해보세요. 그러면 분명 나중에 더 크고 좋은 일이 일어날 거예요."

운전사는 말을 마치고 차를 길 한쪽에 세운 다음 뒷좌석 문을 열었다.

"좀 더 이야기를 나누고 싶지만 안타깝게도 목적지에 도착했습니다."

슈이치는 창밖을 내다봤다. 거리 풍경이 낯설었다.

"여기가 어디요?"

"지금 손님이 와야 할 곳입니다."

슈이치는 미터기를 확인했다. 숫자는 '62,130'을 가리키고 있었다. 승차 시간은 지난번과 비슷한 것 같은데 숫자가 떨어지는 속도는 조금 빨라진 감이 있다. 물론 무료 승차라고 했으니 숫자가 빨리 떨어진다고 해도 슈이치 입장에서 꼬투리 잡을 일은 아니다.

운전사는 차에서 내리는 슈이치에게 "긍정적이고 즐거운 마음을 꼭 기억하세요. 기분을 조절하지 못하고 화를 내버리면 운의 기회를 잡을 수 있는 안테나의 감도가 떨어집니다"라고 말을 건넨 후 출발했다.

"참 나…. 주제넘게 참견은."

슈이치는 달리는 택시를 향해 들릴락 말락 한 소리로 중얼거렸다.

택시가 시야에서 사라지자 슈이치는 눈앞에 보이는 건물을 올려다봤다. 1900년대 중반에 지어진 듯한 낡은 상점가에는 '이초 거리 상점가'라는 이름이 붙어 있다. 슈이치는 그 상점가 끝에 위치한 '카페 깅고' 앞에 서 있었다.

"여기가 내 운을 바꿔줄 장소라고…?"

건물 자체는 꽤 오래된 것 같은 느낌인데 카페만 새 단장을 한 모양이다. 새하얀 벽에 푸른색 출입문이 인상적인 카페는 커다랗게 늘어선 창문으로 가게 내부가 훤히 들여다보였다. 자그마한 테이블에 손님 두 팀과 카페 한가운데 놓인 커다란 테이블에 한 사람이 앉아 있다. 분위기는 제법 괜찮은 듯하다.

지금까지 운전사가 한 말을 전부 믿지는 않지만 어쩌면 삶이 달라질 수 있다는 일말의 희망이 생긴 것은 분명하다. 운전사의 말에 이끌리듯 슈이치는 푸른색 문의 손잡이를 돌렸다. 그리고 마음속으로 다짐했다.

'기분 좋게. 긍정적으로….'

문을 열자 큰 테이블에 혼자 앉아 있는 손님과 눈이 마주쳤다. 슈이치는 스스럼없이 미소를 띠며 눈인사를 건넸다. 상대도 미소로 화답했다. 테이블은 적어도 열 명 정도 앉을 수 있을 만큼 큼지막했는데 지금은 그 사람 혼자다. 점원과 친근하게 대화를 나누는 것을 보니 단골인가 보다.

안쪽의 작은 테이블을 차지한 두 팀은 어머니 연배쯤 된 친구들 사이로 보였는데, 아무래도 그 근처에 앉는 건 조금 방해가 될 듯했다. 슈이치는 큰 테이블로 걸음을 옮기려다 혼자 앉아 있는 남성 가까이에 굳이 자리를 잡는 게 생뚱맞아 보여 그냥 대각선 자리에 앉기로 했다. 어림잡아서 30대 전

후쯤 됐으려나. 남성은 시폰케이크와 커피를 옆에 놓고, 일을 하는지 연신 노트북을 두드렸다. 그의 타이핑 소리가 카페 안에 기분 좋게 울려 퍼졌다.

'이 사람이 나의 운을 바꿔줄까?'

물론 그가 아니라 앞으로 들어오는 손님일지도 모르고 아니면 여성 점원일지도 모른다. 어쨌든 운전사의 이야기가 사실이라면 이 가게 안에 있는, 아니 앞으로 카페를 찾을지도 모르는 누군가가 슈이치의 미래를 바꿔줄 열쇠를 쥐고 있으리라.

"어서 오세요."

다른 점원이 물과 메뉴판을 들고 다가왔다.

"네…. 커피 한 잔 주세요."

슈이치는 부드러운 음성으로 최대한 밝게 웃음 지으며 주문했다.

"커피 한 잔이시죠?"

점원도 얼굴 가득 미소를 머금으며 주문을 확인했다.

"네, 부탁해요."

슈이치는 자리에 앉아 구체적으로 무엇을 해야 할지 막막했지만 일단은 최대한 밝은 표정을 유지하기 위해 정신을 바짝 차렸다.

그리고 미소 띤 얼굴로 카페 안을 둘러봤다. 가게를 리모델링한 지 얼마 안 돼 보인다. 벽이나 바닥, 창틀은 오래된 폐자재들을 재활용했는지 취향이 독특하고 고유의 감성이 느껴진다. 테이블과 의자도 고목인데 이것들은 재활용이라기보다는 앤티크 가구인 것 같다. 카페 전체에서 주인의 개성이 돋보인다.

자그마한 가게는 손님과 점원들이 주고받는 대화로 분위기가 화기애애했다. 아마도 슈이치에게 물을 가져다준 여성이 이 카페의 주인인 모양이었다. 드디어 주문한 커피가 나왔다. 카페에 온 것까지는 좋은데 대체 여기서 뭘 해야 할까? 이대로 시간이 흐르기만을 기다리는 게 능사는 아닌지도 모른다.

슈이치는 대각선에 앉아 있는 남성과 한 번 더 눈이 마주치면 말을 걸어보리라 마음먹었다. 그 순간은 생각보다 빨리 찾아왔다.

"그 빵 맛있나요?"

슈이치는 남성 앞에 놓인 시폰케이크를 가리키며 물었다.

"아…. 네."

그는 약간 놀란 표정으로 잔잔히 미소 지으며 대답했다. 타이핑하던 손길도 멈췄다.

"아, 그래요? 그럼 나도 한번 먹어볼까…."

"…네, 그러세요."

남성은 딱히 대답이 떠오르지 않아 난처한 듯 웃어 보이고는 다시 노트북으로 시선을 떨궜다.

"여기요. 이 손님이랑 똑같은 케이크 하나 주시겠어요?"

슈이치는 왼쪽으로 고개를 돌려서 카운터 안쪽에 대고 말했다.

"네, 알겠습니다."

대답이 끝나기 무섭게 점원은 재빨리 움직였다.

"우와, 진짜 맛있겠는데."

슈이치는 일부러 혼잣말을 하고 나서 남성의 표정을 살폈다. 그에게 말을 걸기 위해 슈이치 나름대로 필사의 노력을 기울이는 중이었다. 남성은 잠깐 입꼬리에 미소를 띠는가 싶더니 일이 바쁜지 다시 타이핑을 시작했다. '말 좀 안 걸었으면…' 하는 분위기다.

'이 사람이 아닌가….'

순간 그런 생각이 들었지만 슈이치는 웃음을 잃지 않고 계속 기분 좋은 척하면서 케이크를 기다렸다.

잠시 후 "주문하신 시폰케이크입니다" 소리와 함께 케이크가 나왔다. "감사합니다"라며 웃는 얼굴로 점원에게 인사를 하자 점원도 밝은 표정으로 응대해줬다.

“아, 이거구나.”

슈이치는 재빨리 포크로 케이크를 크게 한 조각 잘라서 입에 가져갔다.

“우와, 이거 맛있네!”

아담하고 조용한 카페 안에 슈이치의 감탄하는 소리가 퍼져나간다. 가게에 있던 사람 전부가 그 소리를 들었으리라.

“정말 맛있어요.”

슈이치는 제일 먼저 카운터에 있는 가게 주인과 점원에게 시식 소감을 밝힌 다음 “하하, 이 케이크 시키길 정말 잘했어요. 감사합니다” 하고 앞에 앉은 남성에게도 잊지 않고 인사를 건넸다.

두 여성은 웃으며 화답했고, 남성은 살짝 미소만 지을 뿐 여전히 노트북을 들여다보며 일을 계속했다. 슈이치는 포기하지 않고 두 여성에게 다시 말을 걸었다.

“제가 보험회사 영업사원이라 카페 갈 일도 많고 케이크도 자주 먹거든요. 그런데 이 집 시폰케이크가 제일 맛있네요, 정말.”

슈이치는 안쪽 테이블에서 이야기를 나누는 손님들에게도 들리도록 목소리를 높였다.

"맛있다고 해주셔서 감사해요."

카페 주인은 함박웃음을 지으며 슈이치에게 감사 인사를 전한 뒤 곧바로 설거지를 했다.

작은 테이블에 앉은 여성 손님들은 이렇다 할 반응을 보이지 않는다. 물론 눈앞의 남성도 노트북 화면만 뚫어져라 쳐다보며 일하고 있다. 슈이치가 크게 언급한 '보험 영업'이라는 말에 반응하는 사람이 아무도 없다.

'쳇, 내가 지금 뭐 하는 짓인지….'

슈이치는 속으로 혀를 차다가 문득 거울 너머로 비치던 운전사의 웃는 얼굴이 떠올랐다.

'그 사기꾼 같은 운전사한테 속아 넘어가서 이런 한심한 짓이나 하고 있다니. 보험에 관심을 보이는 사람이 한 명도 없잖아.'

케이크나 먹어 치우고 나가자는 생각을 하는 순간, 입구의 문이 열리더니 손님 한 명이 들어왔다. 슈이치는 내심 기대를 하며 눈으로 그를 쫓았다. 40대 후반으로 보이는 그 손님은 슈이치의 대각선에 앉은 남성을 보고 반갑게 다가갔다.

"아, 늦어서 죄송합니다, 선생님."

"네, 저쪽으로 가시죠."

남성은 옆자리에 앉으려는 그 손님을 가로막으며 둘만 앉을 수 있는 작은 테이블로 자리를 옮겼다. 이제 열 명도 앉을 만큼 큼지막한 테이블에는 슈이치 혼자만 남았다.

그때 슈이치의 스마트폰 진동이 울렸다. 와키야인 걸 알았지만 슈이치는 받지 않았다. 회사에서 지급받은 스마트폰은 GPS로 사람들의 위치를 확인할 수 있기 때문에 와키야는 슈이치가 지금 어디 있는지 알고 있을 것이다.

'카페에서 상담 중이었습니다.' 전화를 받지 못한 이유로는 충분하지만, 어쨌든 이곳에 오래 머물긴 힘들다. 무엇보다 슈이치는 운전사의 허무맹랑한 사탕발림에 넘어가 운을 바꿔줄 은인을 찾는답시고 혈안이 된 자신에게 화가 나서 견딜 수 없었다.

'그 자식, 또 만나기만 해봐. 가만 안 둘 거야. 지금 이러고 있을 시간이 없는데.'

슈이치는 서둘러 일어나서 계산을 했다. 그리고 거스름돈을 받으면서 카페 주인에게 물었다.

"죄송하지만 이 근처에 전철역이 있나요?"

주인은 약간 놀란 표정을 짓다가 이내 얼굴에 미소를 띠며 대답했다.

"나가서 왼쪽으로 가시면 바로 역이 나옵니다. 여기서 금방이에요."

슈이치는 문을 열고 나와서 다시 한번 커다란 창으로 카페 안을 둘러봤다. 여전히 슈이치에게 반응을 보이는 사람은 아무도 없었다.

"제기랄, 여기가 어디야. 도대체!"

슈이치는 짜증을 내며 카페를 뒤로하고 걸었다.

행복의 씨앗

행운로
30
일방통행
TAXI

역에 도착한 슈이치는 자신이 요코하마에서 전철로 20분 정도 걸리는 세야쿠 거리에 있다는 사실을 그제야 알아차렸다. 여기서 사무실까지 가려면 한 시간 반은 족히 걸릴 것이다. '빌어먹을, 이렇게 멀리까지 끌고 와서는….' 슈이치의 마음속에서 택시 운전사를 향한 분노가 서서히 치밀어 올랐다.

전철 차창으로 보이는 풍경은 한낮인데도 어두웠다. 조금 전까지 맑던 하늘엔 두꺼운 먹구름이 드리웠고 멀리서 천둥소리도 들려왔다. 설마 하는 생각이 드는 순간, 창문에 빗줄기가 들이쳤다. 사무실 가장 가까운 역에 도착했을 무렵에는 게릴라성 폭우라는 표현이 딱 맞아떨어질 정도로 엄청난 비가 아스팔트를 두드리고 있었다. 튀어 오르는 물보라로 도로는 순간 안개에 뒤덮인 듯 보였다. 행인은 당연히 찾아볼 수 없다. 시야를 가리는 비에 차들도 사람이 걷는 속도 정도로만 겨우 움직였다.

역 앞 택시 승강장에 긴 줄이 이어지고, 사람들은 좁은 승강장 지붕 밑에서 빗물에 바지를 적셔가며 오지 않는 택시를 하염없이 기다렸다. 한시라도 빨리 사무실로 돌아가야 하는 처지인지라 슈이치는 역 안 편의점에서 비닐우산을 샀다. 하지만 우산도 아무 소용 없이 불과 몇 초 만에 물에 빠진 생쥐 꼴이 되고 말았다. 그나마 멀쩡한 곳은 머리뿐이었다.

"오늘 재수 옴 붙었네. 정말!" 역에서 사무실까지는 고작해야 5분 거리였지만, 옷을 입고 샤워라도 한 사람처럼 흠뻑 젖어버리기에는 충분했다. "제기랄, 정작 나타나야 할 때는 안 나타나고…." 슈이치는 혼잣말로 투덜거렸다.

물론 택시 운전사를 가리키는 말이었다. 요코하마 외곽까지 멋대로 데려간 장본인이었으니까. 그 인간 때문에 한 시간 넘게 걸려 사무실로 돌아와야 했고, 설상가상으로 폭우에 온몸이 젖고 말았다. "그 자식 때문에…." 슈이치가 또 한 번 투덜거렸지만 비닐우산을 두드리는 빗소리 탓에 그 말은 이내 묻혀버렸다.

드디어 사무실이 있는 빌딩 안으로 뛰어들어 오자 빗소리가 조금 잦아드는가 싶더니, 6층에 도착해 밖을 바라봤을 때는 이미 비가 그쳐 있었다.

"뭐야, 이거. 비가 안 오잖아. 아, 진짜 열받네!"

슈이치는 분노가 치솟았지만 추스를 겨를도 없이 사무실로 향했다. 최대한 빨리 와키야에게 얼굴을 내비쳐야 했다. 전화기 너머로 들려온 목소리는 분명히 '당장 날아와!'라고 한바탕 소리친 듯한 분위기였기 때문이다.

"다녀왔습니다."

슈이치는 잔뜩 풀이 죽은 목소리로 숨을 참으며 사무실로 들어왔다. 와키야는 머리를 감싸쥔 채 한숨을 내쉬고 있었다.

"계약이 될 줄 알았는데 잘 안됐습니다."

"뭐, 그거야 아까 통화할 때 들어서 알고 있고 다른 일을 좀 맡기려고 했더니 그 몰골로는 무리겠군요."

아마도 와키야는 자기 고객 중 계약 갱신을 해줄 만한 사람을 슈이치에게 소개해주려고 했던 모양이다. 하지만 땀범벅인 데다 비까지 맞아서 홀딱 젖어버린 차림으로 고객을 만났다가는 오히려 역효과만 날 게 뻔하다.

"아닙니다. 정 안되면 근처에서 양복을 사 입고라도 가겠습니다."

와키야는 고개를 저었다.

"아니, 안 돼요. 시간이 없어. 그냥 내가 직접 가야겠군."

와키야는 가방을 들고 사무실을 가로지르더니 화이트보드에 붙은 자기 이름표를 '상담/외출' 칸으로 옮겼다. 슈이치는 그 모습을 그저 지켜볼 수밖에 없었다.

온몸이 젖어 의자에 그대로 앉을 수도 없는 노릇이라 슈이치는 책상으로 향하는 대신 편의점에 수건을 사러 가기로 했다. 다시 복도로 나와 창문을 봤을 때는 두꺼운 먹구름 사이로 햇살이 빼꼼 고개를 내밀어 길 위의 물방울들을 영롱하게 비추고 있었다.

"뭐 하나 되는 일이 없네…. 도대체 왜 이러는 거지."

슈이치는 엘리베이터에 올라타며 한숨을 내쉬었다.

일을 하다 보면 번번이 예상을 벗어나서 감당하기 힘들다고 느껴질 때가 있다. 그럴 때면 '이 일이 나랑 안 맞나' 하는 생각이 들기 마련이다. 그렇다고 다른 사람보다 게으름을 피운 것도 아니고 오히려 누구보다 열심히 최선을 다했다. 개중에는 외근을 나간다고 해놓고 친구를 만나 영화를 본다거나 카페에서 노닥거리며 요령을 피우는 녀석들도 있다. 그런데도 이런 이들이 슈이치보다 실적은 더 좋았다.

물불 안 가리고 뛰어다니는 자신은 매번 뒤통수를 맞는데,

대충 일하는 녀석들은 도리어 척척 실적을 올리는 현실에 슈이치는 화가 나서 돌아버릴 지경이었다. 아무리 영업의 세계에서는 실적이 전부라지만 꾀부리지 않고 일한 사람이 바보 취급을 당하는 것은 정말이지 견딜 수가 없었다. '언젠가는 노력한 보람이 있겠지'라는 믿음 하나로 지금까지 버텼다.

그런데 무더기 해약 사태에다 괴상한 택시 운전사한테 속아 상사가 만들어준 재기의 기회마저 놓쳐버렸다. 심지어 날씨 요정의 저주에라도 걸린 듯 밖에 있을 때는 엄청난 폭우가 쏟아지고 건물 안에 들어오니 날이 반짝 개었다. 슈이치가 아닌 누구라도 지금까지 벌어진 일련의 상황을 보면 신의 계시라고 여길 만하다. 이 일을 그만두라는 계시.

슈이치는 수건의 비닐 포장을 뜯어서 휴지통에 버리고 편의점을 나왔다. 그 순간 눈앞에 택시가 문을 열어놓은 채 서 있는 것이 아닌가. 슈이치는 피가 거꾸로 솟구쳤다.

"너 이 자식…."

욕을 퍼붓고 싶었지만 이렇게 화를 주체하지 못한 채 택시에 탔다가는 불상사가 생길지도 모른다는 생각이 퍼뜩 떠올랐다. 슈이치는 부들부들 떨리는 손으로 수건을 꽉 움켜쥔 채 최대한 차분하게 택시 뒷좌석에 올라탔다.

"이봐, 당신. 어떻게 된 일인지 설명…."

슈이치가 말을 끝내기도 전에 운전사가 당황한 듯 입을 열었다.

“이런, 완전히 젖으셨네요. 그렇게 젖은 옷으로 택시를 타시면 어떡합니까. 수건을 엉덩이에 깔아주세요.”

“닥쳐!”

슈이치가 그의 말을 가로막았다.

“네?”

운전사는 슈이치의 태도에 의외라는 표정을 지었다.

“무언가 단단히 화가 나셨네요.”

“내가 화 안 나게 생겼어? 당신 때문에 이 꼴을 당했는데.”

“무슨 말씀이신지. 왜 그러시죠? 요즘 저는 ‘당신을 만나서 고맙다는 인사를 꼭 하고 싶었어요’라는 이야기를 듣고 사는데요.”

“도대체 누가 그런 소리를 한다는 거야. 잘 봐, 내 꼴을. 이게 운 좋은 놈의 꼴이야?”

운전사는 슈이치를 머리끝에서 발끝까지 훑어봤다.

“물론 그렇게는… 보이지 않네요.”

“이봐, 지금 한가하게 남 이야기하듯 말하지 마. 내가 누구 때문에 이리됐는데.”

“그거야….”

운전사가 택시 문을 닫으며 말했다.

"저 때문입니다."

"뭐라고?"

"저 때문입니다. 저 때문에 무더기 해약 사태가 벌어졌고, 저 때문에 새로운 계약도 물 건너갔고, 저 때문에 상사의 신뢰도 얻지 못했고, 저 때문에 비를 맞고 쫄딱 젖었죠. 그리고 또… 저 때문에 무슨 일이 있었을까요. 아! 그래, 그렇지. 저 때문에 아내분에게 회사 일도 털어놓지 못하고, 저 때문에 따님이 학교에 가지 않겠다고 하고, 어쩌면 본가의 가게가 문을 닫게 된 것도 저 때문인지도 모르겠네요."

"…."

슈이치는 운전사가 쏟아내는 이야기를 멍하니 듣고 있었다. 어릴 때부터 너무 급작스러운 일이 닥치면 이처럼 한마디도 못 하고 멍하니 있곤 했다.

"제가 이렇게 말하니까 속이 시원하신가요?"

"당신, 도대체…."

슈이치는 말을 하고 싶었지만 입이 떨어지지 않았다. 원체 논리적으로 상대를 누르거나 반론하기를 즐기는 성격이 아니었다.

"아시겠습니까, 오카다 씨. 앞으로 살면서 '누구 때문에 이렇게 됐는데'라는 말은 두 번 다시 하지 마세요. 굳이 잘잘못을 따지자면 본인 탓이니까요."

"나 때문이라고?"

"그래요. 오늘 아침 귀에 못이 박히도록 '긍정적으로, 기분 좋게 지내라'고 말씀드렸는데 지금 오카다 씨 모습을 돌아보세요. 온통 분노와 불쾌함뿐이잖아요. 그렇게 화만 내면서 이 상황들이 자기 탓이라는 생각은 들지 않으십니까?"

"전혀. 당신 말대로 나는 분명히 긍정적으로 생각했어. 그런데 결국 속았잖아. 내가 화를 내는 것도 당신한테 속아 넘어간 다음부터란 말이야! 그 전까지는 괜찮았어. 내 운이 바뀌는 일은 아무것도 일어나지 않았다고."

"그럴 리가 없어요. 당신은 카페에서 다른 사람이 도저히 경험하지 못할 멋진 기회를 얻을 수 있었습니다."

"무슨 말도 안 되는 소리야? 아무 일도 없었다니까."

"카페에서 어떤 남성분을 만나셨잖습니까?"

"그래, 만났지. 하지만 그 사람은 보험에 아무런 관심도 보이지 않았어."

운전사는 두 손으로 얼굴을 감싸고는 "아아" 하고 하늘을 올려다보면서 소리를 질렀다.

"뭐야, 왜 이래?"

"그 사람은 생명보험 같은 건 들지 않아요. 그분은 유명한 작가예요."

"작가?"

슈이치는 마지막에 들어온 40대 후반의 남자가 그 사람을 '선생님'이라 불렀던 것을 떠올렸다. 외모가 의사나 학교 선생님으로는 보이지 않아 그렇게 부르는 것을 듣고 조금 위화감을 느꼈는데 이제야 비로소 이해가 됐다.

"우연한 만남 덕분에 오카다 씨는 그의 작품을 읽고 생각이 바뀌었을 겁니다. 지금 일을 그만두고 새로운 일을 시작할 수 있는 용기를 얻게 됐죠. 그 후 당신의 인생은 그야말로 맹렬한 기세로…."

"자, 잠깐만. 지난번에는 유메카 담임과의 면담을 계기로 내가 최고 실적을 올리는 영업맨이 될 거라고 했잖아. 그런데 이번에는 보험을 그만두고 다른 일로 성공한다고? 미래가 또 바뀐다는 말이야?"

"당연히 바뀌죠. 지난번에 기회를 놓쳤잖아요. 그 미래는 다시 오지 않습니다. 그렇지만 인생에는 여러 번의 기회가 있어요."

"그걸 도대체 내가 어떻게 알아…."

"오카다 씨 인생에서 절호의 기회란 오직 보험 계약을 많이 하는 것뿐인가요? 조금만 더 생각해보면 그게 전부가 아니라는 것쯤은 알 수 있을 텐데요?"

슈이치는 운전사의 말처럼 조금만 더 생각해보려는 시도조차 하지 않았다.

"하지만 미래를 알아맞히는 사람이 어디 있어?"

"물론 어려운 일이죠. 그래서 제가 말했잖아요. 긍정적인 마음이 아니면 운을 바꿀 기회를 감지하는 안테나는 작동하지 않는다고요. 오카다 씨가 그런 마음으로 지냈다면 얼마든지 알 수 있었을 거예요."

"나는 원래 긍정적이었다니까…."

운전사는 슈이치의 말을 가로막으며 머리를 저었다.

"그렇지 않아요. 오카다 씨는 행복한 척했을 뿐이죠. 보험 계약을 해줄 사람을 찾아내기 위해서."

"행복한 척 좀 하면 안 돼? 좋은 일이라고는 하나도 없는데 어떻게 긍정적으로 생각하라는 거요?"

"그랬군요…."

운전사는 길게 한숨을 뱉었다.

"이야기가 길어질 것 같으니 잠시 쉬죠. 저는 다시 오카다 씨의 운을 바꿔줄 장소로 가려고 했어요. 하지만 오카다 씨는 제 말을 믿지 않네요. 원한다면 이대로 차를 멈출 테니 내리셔도 좋습니다. 어떻게 할까요?"

슈이치는 운전사의 눈을 응시한 채 팔짱을 끼고 생각에 잠겼다. 잠시 후 복잡한 표정으로 한마디를 꺼냈다.

"부탁합시다."

"데려다달라는 뜻인가요?"

운전사가 재차 물었다. 슈이치는 담담히 고개를 끄덕였다.

"알겠습니다. 그럼 출발합니다. 목적지까지 조금 시간이 걸리니까 한 번 더 확실하게 말씀드릴게요. 이번에는 정말로 오카다 씨 운이 극적으로 변하는 경험을 하게 해드리고 싶으니까요."

운전사는 깜빡이를 켜며 시동을 걸려고 했다.

"잠시만. 그 전에 할 말이 있소. 굳이 카페까지 갈 필요 없이 오늘 만난 작가의 이름을 알려주면 끝나는 얘기 아니었소? 왜 내가 꼭 직접 작가를 만나고 그 사람의 책을 읽어야만 운이 바뀐다는 거지?"

"그건 모릅니다."

"모른다니? 작가가 누구인지 모른단 말이오?"

"네, 저는 모릅니다. 다만 그런 일이 일어난다는 흐름만 알고 있을 뿐입니다. 오카다 씨는 그 작가의 이름을 알고 있습니까?"

"아니, 이름은 안 물어봤소."

운전사는 힘이 빠진 듯 어깨를 축 늘어뜨렸다.

"안타깝네요. 자, 가시죠."

슈이치의 의사와 상관없이 차가 움직이기 시작했다. 아무래도 한번 떠난 운은 다시 돌아오지 않는 모양이었다. 슈이치는 팔짱을 낀 채 창밖을 바라보며 뒤엉킨 생각을 정리하려고 애썼다.

슈이치는 운전사와 이야기하느라 정신이 팔린 사이 마치 순간 이동을 한 것 같은 기분이 들었다. 전에도 느꼈지만 여느 택시와 비슷한 속도로 도로를 달리고 풍경이 스치는데, 막상 도착해보면 도저히 그 시간 안에 갈 수 없는 거리를 이동한다. 창밖 풍경을 내다보는 슈이치를 거울 너머로 보고 있던 운전사가 입을 열었다.

"지금 인도를 걷고 있는 저 남자 보이세요?"

슈이치의 눈에 한 노인의 모습이 들어왔다. 느릿느릿 산책하고 있다는 점 외에는 그다지 특별해 보이지 않는다.

"저분은 대단한 분입니다."

"…."

슈이치가 아무런 반응을 하지 않자 운전사는 말을 이었다.

"저분은 젊을 때부터 분재에 취미를 붙이셨는데 키우는 분재마다 각종 상을 휩쓸었습니다. 분재 하나가 수백만 엔에 팔린다고 하죠. 그리고 반대편에서 이쪽으로 초등학생쯤 된 아이와 손을 잡고 걸어오는 쇼트커트 헤어스타일의 여성분 있잖아요? 저분도 유명한 사람이에요. 집 근처에 사는 아이들을 모아서 조그맣게 시작한 댄스 동아리가 급성장해서 지금은 댄스를 배우려는 학생들이 몰려오는 학원이 됐다지 뭡니까. 저 학원 출신 아이돌 그룹이 연속 수상을 하면서 유명세를 타고 이번에는 TV 댄스 프로그램에서 강사까지 하게 됐답니다."

"그렇게는 안 보이는데…."

"그렇게는 안 보여도 사실이에요. 차 세울까요? 한번 물어보시겠어요?"

"됐소. 분재든 댄스든 아무 흥미 없으니까. 대체 무슨 말이 하고 싶은 거요?"

"우리가 매일 스쳐 지나가는 사람들 중에는 다양한 취미나 능력을 가진 사람들이 있습니다. 어쩌면 두 번 다시 못 만날 사람인지도 모르지만 스쳐 지나는 순간에도 저마다 최선의 삶을 살면서 오늘에 이르렀죠. 우리 인생에 기적을 불러올 씨앗은 바로 저들 중에 있습니다. 오카다 씨가 만난 작가도 마찬가지예요. 상대방에게 관심을 갖지 않으면 그저 평범한 남자일 뿐이죠. 그 사람이 지금까지 걸어온 인생이 보일 리 없어요.

대부분의 사람들은 스쳐 지나는 사람의 인생에 큰 관심이 없죠. 그저 이 사람이 나의 고객이 되어줄지, 내게 지갑을 열어줄지 그것만 생각하거든요. 하지만 조금만 관심을 기울이고 연결고리를 찾아내서 대화를 시작하면 생면부지인 사람은 사라지고 인연이 됩니다. 인연이 거듭되며 지인이 되고, 벗이 되고, 때로는 은인이 되기도 합니다. 그렇기 때문에 만남의 계기를 만드는 방법을 알아두지 않으면 모든 인연은 스쳐 지나가고 말아요. 기적을 일으킬 씨앗을 얻을 수 없다는 뜻이죠."

"그 계기를 만들 방법이 웃으며 긍정적으로 생각하는 것이란 말을 하고 싶은 거요?"

"바로 그겁니다. 잔뜩 화가 나 보이는 사람한테 길에서 말을 걸 수 있나요? 인상 쓰고 있는 사람에게 카페에서 말을 걸 수 있어요? 길을 물어보거나 사진을 찍어달라고 부탁할 때도 우선은 인상이 좋은 사람을 찾기 마련이잖습니까. 일도 마찬가지예요. 웃으면서 긍정적으로 일하는 사람에게 일을 맡기든 부탁을 하든 한다는 말입니다."

"하여튼 기분 좋게만 보이면 된다…. 이 말 아닙니까?"

"오카다 씨, 바보가 아닌 이상 보험 영업사원이 고객 앞에서 웃는 얼굴일 거란 사실은 누구나 알아요. 그 미소가 정말로 기분 좋은 미소인지 아니면 어떻게든 계약을 따내기 위해 억지로 짜내는 미소인지도 알고요."

"내 말이 그 말입니다. 항상 긍정적으로 살아간다는 건 무리라니까."

"물론 항상 웃으며 사는 건 무리일지도 모릅니다. 하지만 마인드 자체가 부정적이고 늘 투덜거리는 사람에게 기회가 오지 않는다는 건 부인하기 힘들 겁니다."

"나도 마인드가 부정적이지는 않은데."

운전사의 얼굴에 웃음이 번졌다. 운전사는 한 손으로 핸들을 잡은 채 다른 손으로 천장에 달려 있는 기계에서 무언가를 꺼내더니 대시보드의 디스플레이에 밀어넣었다.

"요즘은 이런 게 나와 있어서 참 편리해요. 혹시 보신 적 있으세요?"

대시보드 화면에 택시 안을 찍은 영상이 떴다.

"범죄 예방 목적으로 택시 안에 CCTV를 장착하거든요. 이 영상은 오카다 씨가 택시에 타셨을 때의 모습입니다."

화면에는 어제 처음 이 택시에 탔을 당시의 영상이 흘러나

왔다. 슈이치의 모습이 비쳤고, 소리는 들리지 않지만 한눈에 도 기분이 나쁘다는 것을 알 수 있었다. 슈이치는 자기 얼굴이 나오는 영상을 처음 보았다. 차분하게 무언가를 생각한다기보다는 안절부절못하는 느낌에다, 듬직한 어른의 이미지는 온데간데없고 신경질적이고 소심한 인상이었다. 쥐구멍이 있다면 숨고 싶었다.

"볼륨도 키워볼까요?"

운전사의 목소리와 낯선 남성의 탁한 음성이 들렸다. 기분 좋아 보이는 모습이라고는 하나 없이 오늘 아침 영상으로 장면이 바뀌었다.

"이제 그만."

슈이치는 얼굴이 새빨개져서 말했다.

운전사는 영상을 멈추고 디스플레이에 삽입했던 SD카드를 꺼내 CCTV에 넣었다.

"어떠세요? 이렇게 보니까 제가 아주 최선을 다해서 오카다 씨에게 말을 걸고 있다는 걸 아시겠죠? 보통 저렇게 인상 쓰고 있는 사람한테 친절하게 말을 거는 사람은 없거든요."

슈이치도 인정할 수밖에 없었다. 운전사가 자화자찬을 늘어놓아도 반박할 수 없을 만큼 자신이 인상을 팍 찌푸리고 있었기 때문이다. 특히 목소리와 표정이 평소 스스로 생각했던 것과 너무 달라서 충격을 받았다.

"오카다 씨 입장에서는 자기에 대해 뭘 안다고 잘난 척하는 거냐고 생각할 수 있어요. 회사 일에 가족 문제에 아이까지 여러 어려운 일들이 겹치는 바람에 많이 힘드신 상황이라는 건 이해합니다. 하지만 냉정하게 보면 오카다 씨의 마인드와 태도는 부정적인 데서 비롯된 결과일 뿐이에요. 근본적인 원인을 바로잡지 않는 한 운의 기회가 찾아온다고 해도 인생은 바뀌지 않습니다.

오카다 씨뿐 아니라 세상에는 늘 불만과 화로 가득한 사람들이 너무 많아요. 아침에 전철을 타고 출근하는 사람들의 표정을 보면 금방 알 수 있어요. 정작 본인만 모른 채 '왜 난 행복해질 수 없을까' 하며 우울해하죠. 그러면서 항상 똑같은 말을 합니다. '매일 좋은 일도 없는데 어떻게 긍정적으로 생각하란 거야!'라고 말이죠. 하지만 절대로 그렇지 않아요. 부정적인 사람은 곳곳에 떨어져 있는 행복의 씨앗을 눈치채지 못합니다. 그들이 행복할 수 없는 이유는 그거 하나예요."

슈이치는 더 이상의 언쟁을 포기했다. 운전사의 말이 백번 옳다는 것을 직감적으로 이해했기 때문이다. 눈앞에 있는 젊은 운전사를 말싸움으로 이기려는 오기 따위는 이제 마음에서 떠났다. 지금의 상황을 바꿔줄 수만 있다면 그게 무엇이든 붙잡고 싶은 욕망이 더욱 절실해졌다. 슈이치는 숨을 크게 몰아쉬고 나서 입을 열었다.

"알았소. 당신이 말한 대로 내 마인드에 문제가 있었던 것 같군. 나도 미처 의식하지 못했지만 말이오. 하지만 어떻게 해야 항상 긍정적으로 기분 좋게 생활할 수 있는지는 잘 모르겠소."

"이득과 손해를 따지지 않으면 됩니다."

"이득과 손해를 따지지 말라?"

"그렇습니다. 대부분의 사람은 이득을 볼 것 같으면 즉각 움직이고, 손해를 볼 것 같으면 옴짝달싹 안 하는 계산적인 마음이 당연한 듯 스며들어 있어요. 하지만 미지의 세계를 접할 때 이해득실보다는 순수한 흥미와 관심으로 다가가면 어떨까요?"

"도저히 그런 생각이 안 든다고 하면 어쩔 수 없는 거 아니겠소?"

"이런 경우는 어떨까요? 오카다 씨는 전혀 재미를 느끼지 못하는 것인데, 어떤 사람은 그걸 재미있다고 느낄 수 있잖아요. 그 사람이 왜 재미있어 하는지 흥미를 가져볼 수 있지 않아요?"

"그런 방법으로 내 마음을 컨트롤할 수 있을까…."

"지금보다는 훨씬요…."

"그러니까 그게…."

슈이치는 여전히 의심스러운 표정을 지었지만, 운전사는 빙그레 웃으며 이야기를 이어갔다.

"그러고 보니 깜빡한 게 있네요."

"무슨…?"

"아까 길 가던 노인이랑 쇼트커트 여성 기억하시죠?"

"분재로 성공했다는 노인이랑 댄스학원…."

"네, 맞아요. 두 분 모두 취미 삼아 시작한 일로 유명해진 분들인데 원래 직업이 똑같더라고요. 뭐일 것 같으세요?"

"글쎄…."

"보험 영업이에요."

"어?"

"심지어 두 분은 MDRT 멤버였다고 하네요."

"MDRT!?"

"역시 알고 계시네요. 보험과 금융 서비스 전문가로 구성된 국제 조직이죠. 거기에 들어가려면 매년 엄청난 액수의 보험 계약이 필요하고요."

"내가 보기에 그런 사람들은 하늘이 내린 거요. 나 같은 사람은 꿈도 못 꾸는."

"하늘이 내렸는지 어떤지는 잘 모르겠지만 두 분은 MDRT 멤버 자격을 10년 이상 유지했어요. 길을 오가는 수많은 사람들 중 그 두 분만 밝은 얼굴이었잖아요. 표정이 무척 환해 보였어요."

"왜 진작 이야기해주지 않았던 거요?"

"기회는 늘 있었어요. 분재나 댄스를 해본 적은 없지만 뭐가 그렇게 재미있는지 물어보고 싶다는 생각만 했어도 대화를 나누며 인연을 만들 수 있었을지 모르죠. 그렇게 친해지다 같은 일을 했다는 사실을 알게 되면 오카다 씨에게 이런저런 조언을 해줄 수도 있지 않았겠어요? 그러니까 지금부터라도 이득이다 싶으면 말을 걸고 손해 볼 것 같으면 외면해버리는 마음 자세를 바꿔보세요. 언제 어디서 인연을 만날지 모르니까요. 사람들에게 흥미를 갖도록 해보세요."

"…알았소, 한번 해보지."

슈이치는 담담한 표정으로 운전사의 말을 수긍했다.

"이야기를 하나 더 해드릴까요?"

"들어야지 어쩌겠소."

슈이치는 처음보다 한결 온순해져 있었다.

"제가 하는 일이 오카다 씨를 운이 좋아지는 곳으로 모셔다드리는 거라고 했던 말, 기억하시죠?"

"물론이오."

"그곳에서 어떤 일이 벌어지는지 알고 계시나요?"

"무슨 일이… 벌어지기는 합니까?"

슈이치는 운이 좋아지는 장소라고 하기에 신규 계약자라도 만날 수 있으려나 생각했는데, 그게 아니라는 사실은 조금 전 운전사를 통해 알게 됐다. 보험 영업으로 성공하는 것만이 진정한 행복은 아니라는 뜻이리라. 그럼 그곳에서 어떤 일이 일어나는 걸까….

"나는 통 무슨 소린지 모르겠소."

"그러시군요. 여쭤보길 잘했네요. 그곳에서는 아무 일도 일어나지 않는답니다."

"응?"

슈이치는 순간 미간을 찌푸렸다.

"보세요, 또 얼굴을 찡그리잖아요."

운전사의 지적에 슈이치는 당황하며 표정 관리를 했다. 스스로 생각해도 신기할 정도로 운전사의 이야기를 얌전히 듣고 있는 모습이 낯설었다. 눈앞에 있는 젊은 운전사가 보통 사람이 아니라는 사실을 깨달았기 때문일 것이다.

"잘 들어보세요. 운이 좋다는 것은 다른 말로 하면 터닝 포인트, 즉 전환점이라는 뜻이에요. 그때를 기점으로 앞으로의 삶이 점점 좋아진다는 말이죠. 당장 그 자리에서 엄청난 기적이 일어나지는 않아요. 나중에 돌아보면 '그때부터 시작이었구나' 하고 깨닫게 되는 거예요."

"그럼 아무것도 느끼지 못한다는 건가?"

"아니요, 아주 사소한 변화 같은 건 느낄 수 있겠죠."

"아주 사소한 변화라…."

슈이치는 별다른 기대 없이 되물었다.

"오카다 씨, 행복의 씨앗이 곳곳에 떨어져 있다는 말씀을 드렸잖아요."

"늘 화만 내고 있으면 그 씨앗을 찾지 못한다고 했잖소."

"맞아요. 매사 불평불만만 내뱉는 사람은 그 씨앗을 영원히 찾지 못해요. 반대로 모든 일에 긍정적으로 사는 사람은 행복의 씨앗을 찾을 수 있습니다."

"그건 이미 알고 있소."

"그래요? 그렇다면 이야기가 훨씬 쉬워지겠네요. 오카다 씨는 씨앗을 뿌려서 채소나 과일을 키워본 적 있으세요?"

"채소? 키워본 적 없는데…."

"예를 들어 당근은 지역과 품종마다 편차가 있지만 보통 완연한 봄이 오기 전에 씨앗을 심죠. 그럼 언제 당근을 수확할 수 있을까요?"

"글쎄, 한 다섯 달 정도 뒤에?"

"오호, 잘 알고 계시네요. 구체적인 개월 수까지 말씀하실 줄은 몰랐는데."

"그 정도로 바보는 아닙니다."

"하하, 농담입니다, 농담. 그런데 말입니다. 채소도 수확하기까지 긴 시간이 걸리는데 왜 일의 성과나 노력의 결과에 대해서는 다들 그렇게 서둘러 기대를 할까요?"

"죽어라 최선을 다했으니까 빨리 결과를 보고 싶어 하는 거 아니겠소?"

"그 마음은 이해합니다. 하지만 결과가 빨리 안 나온다고 화를 내거나 괴로워하는 것은 문제죠. 어떤 사람은 자신에게 운이 없다며 자포자기해버립니다. 당근을 수확할 시기가 되지도 않았는데 빨리 자라지 않는다고 한숨 쉬는 꼴이랄까요? 긴 안목으로 보면, 보상받지 못하는 노력이란 없습니다. 어떤 일이든 무르익을 시간이 필요한데 너무 일찍 결과를 기대하고 있는 것뿐이에요. 아무리 성장 속도가 빠른 채소라도 오늘 심었는데 내일 수확할 수는 없잖아요."

슈이치의 얼굴빛이 어두워졌다.

"무슨 말인지는 알겠소. 근데 정말이지 나한테는 시간이 없소. 다음 달 월급날까지 해지된 계약만큼 채워넣지 않으면 끝이란 말입니다."

"인생은 그렇게 쉽게 끝나지 않아요. 수입이 줄었다고, 당장 일할 곳이 없다고 해서 사람은 죽지 않습니다. 거기서부터 다시 시작하면 돼요. 인간은 본래 강인해요. 그러니 너무 걱정하지 마세요."

슈이치는 갑자기 눈시울이 뜨거워지는 것을 느꼈다. 운전사의 말에는 다시 일어설 수 있도록 용기를 북돋아주는 힘이 있었다.

"나에게도 그런 강인함이 있을까요?"

"물론입니다. 있고말고요. 설령 오카다 씨가 생각하는 최악의 시나리오가 벌어진다고 해도 다시 시작할 용기만 있다면 분명히 아까 그 대사를 읊을 날이 올 거예요."

"대사라니 어떤…."

"그때부터 시작이었구나."

연거푸 힘든 일이 터지는 바람에 마음이 많이 무너져 내린 탓일까. 운전사가 건네는 말 한마디 한마디에 슈이치는 울컥 울음이 터질 것 같았지만, 실제로 눈물을 보이고 싶지는 않아 서둘러 콧물을 훌쩍 들이마셨다.

"하하. 갑자기 기운이 나네요."

"그렇게 말씀해주시니 정말 기쁘네요."

운전사는 머리를 긁적였다. 슈이치는 뒷좌석에서 그 모습을 바라보며 천천히 숨을 골랐다. 왠지 모르게 운전사의 말처럼 정말 자신에게 그런 힘이 있는 듯 느껴졌다. 그가 건넨 말들이 무엇보다 큰 의지가 되고 힘이 됐다. 슈이치는 또 한 번 코를 훌쩍거리고는 미소를 지었다. 더는 언짢은 표정을 지을 필요가 없었기 때문이리라.

"보상받지 못하는 노력은 없다고 했잖습니까?"

"네."

"전에도 그런 말을 한 적이 있었던 것 같은데…."

"네, 말했었죠."

"당신 말을 들으니 용기가 생기긴 하지만…. 보상받지 못하는 노력은 없다는 건 내가 중간에 좌절하고 포기할까 봐 그냥 하는 말이죠?"

"그렇게 눈 가리고 아웅 하는 식으로 오카다 씨를 도울 생각은 전혀 없습니다. 곧 깨닫게 되실 테니까요."

운전사는 룸미러로 슈이치의 얼굴을 살폈다.

"이런…. 여전히 이해가 안 된다는 표정이시네요. 아쉽지만 이 이야기는 다음에 마저 해야겠네요. 목적지에 도착했거든요."

어느새 거리에는 어둠이 내려앉았다. 어디인지는 모르지

만 꽤 번화가였다. 슈이치는 택시에서 내리기 전 미터기를 확인했다. '42,330….' 제법 많이 탔다.

"여기가 어디요?"

운전사가 미소를 띠며 대답했다.

"손님의 운을 바꿔줄 곳입니다."

슈이치는 살짝 웃어 보이고는 차에서 내렸다. 그사이 흠뻑 젖었던 양복도 말끔히 말랐다.

"오카다 씨, 잊지 마세요."

"웃으며 긍정적으로…. 이번에는 걱정 마쇼."

"그리고…."

"이득과 손해를 따지지 말고 먼저 흥미를 가져라."

운전사는 고개를 끄덕인 다음 문을 닫고 사라졌다.

바 TAXI 안에서

30
일방통행
TAXI

택시에서 내린 슈이치는 주변을 빙 둘러봤다. 처음 와본 곳이지만 번화가라는 사실을 금방 알 수 있었다. 어지럽게 솟은 빌딩들 사이로 바 간판이 줄을 지은 데다 사람도 많고 택시들도 바삐 오갔다. 눈앞에 보이는 빌딩 1층에는 술집이 있었다.

"여기인가…."

슈이치는 가게로 들어가려다 말고 빌딩을 올려다봤다. 가로 폭이 좁은 회색 빌딩의 위쪽으로도 대부분 주점들이 들어서 있었다. 빌딩 앞쪽에 설치된 간판을 본 슈이치는 흠칫 놀랐다. 간판에는 'TAXI'라고 쓰여 있었다.

"택시…라고?"

슈이치는 무의식중에 피식 웃음이 새어 나왔다. 아무래도 자신의 운명이 택시에 달려 있는 모양이었다.

"여기가 맞을 거야, 분명히."

슈이치는 방향을 바꿔 엘리베이터 쪽으로 향했다. 연식이 묻어나는 좁은 엘리베이터에 올라타 '5'라고 쓰인 버튼을 누른 뒤, 올라가는 동안 마음속으로 연신 되뇌었다.

'웃는 얼굴로, 긍정적인 마음으로.'

5층에서 내리자 오른쪽에 바로 가게 문이 보였다. 왠지 분위기가 좋을 것 같았다. 안으로 들어가니 바에서 큰 키의 주인이 차분한 저음으로 "어서 오세요" 하며 미소로 맞이했다. 손님은 아직 한 명뿐이었는데 바의 가장 안쪽에 앉아 노트에 무언가를 적고 있었다. 안쪽 벽에 세워진 기타는 아마도 그 손님의 것이리라. 슈이치는 세 칸 떨어진 자리에 앉았다.

"주문하시겠습니까?"

"네, 우선 맥주 한 잔 주세요."

주문을 마치고 스마트폰을 꺼낸 슈이치는 지도 앱을 열어 자신의 위치를 확인했다. 손가락으로 화면을 축소하던 슈이치는 소스라치게 놀랐다.

"마! 마쓰야마?!"

슈이치는 머리를 감싸쥐고 스마트폰 전원을 후다닥 꺼버

렸다. 이 전화는 회사용이라 와키야 사장에게 위치가 공유된다. 물론 근무 시간이 지났기 때문에 크게 문제 될 건 없지만 거기엔 왜 갔냐고 묻기라도 하면 뭐라고 대답해야 할지 암담했다. 다행스럽게도 내일이 주말인 터라 좋은 변명거리가 될 것이다. 만약 금요일이 아니었다면 내일 아침 출근이 힘들 뻔했다.

전원을 끄고 나니 오히려 속이 시원해졌다. 왠지는 모르지만 마쓰야마에 있다는 사실은 변함이 없고, 아무래도 여기가 운을 바꿔줄 곳 같다는 확신이 들었기 때문이다. 그렇다면 최대한 긍정적인 마인드로 지금을 즐기는 게 자신이 할 수 있는 최선일 것이다. 저절로 각오가 피어올랐다. 무슨 일이 일어날지는 모르겠지만 이 상황을 즐겨보지, 뭐. 그렇게 마음을 굳히고 나니 자연스럽게 기분이 좋아졌다.

'아, 그렇구나. 긍정적이라는 말뜻은 즐거운 일이 일어날 거라는 기대보다 어떤 일이 일어나든 즐기기로 마음먹는다는 뜻인지도 모르겠어.'

돌이켜보니 혼자 바에서 여유롭게 술 한잔 즐기는 시간을 보낸 적이 없었다. 자동차 영업을 할 때도 그랬고 보험 영업을 하는 지금도 술을 마시는 건 주점에서 와글와글 수다 떨며 회식을 할 때 정도였다. 이런 분위기 있는 바에서 그것도 홀로 앉아 있으니 시간을 어떻게 보내야 할지 몰라 당황스럽긴 해도 나쁘지 않았다. 누구에게도 방해받지 않고 음악에 몸을 맡긴 채 온전히 혼자가 될 수 있는 시간.

"바 분위기가 정말 좋네요."

슈이치는 바 건너편에 있는 주인에게 말을 건넸다. 진심에서 우러나온 말이었다. 주인은 미소 지으며 가볍게 목례를 했다. 슈이치는 가게 안을 둘러보다가 안쪽에 앉아 있는 남자 손님과 눈이 마주쳤다. 슈이치가 미소를 보내자 상대도 빙그레 웃었다. 남자는 방금까지 펼치고 있던 노트를 덮고 커다란 얼음이 든 잔을 들었다. 외모를 봐서는 상당히 젊은 듯했다. 30대쯤 됐으려나.

"이곳에 자주 오시나 봐요?"

"네, 뭐. 일이 있는 날이면 오죠. 여기 분위기도 괜찮고 혼자 보내는 시간이 좋아서요. 이 시간을 위해서 일한다고 해도 과언이 아닐 거예요."

마지막 말은 농담이라는 듯, 남자가 피식 웃었다.

"기타는 취미로 치시는 건가요?"

슈이치는 기타 케이스를 쳐다보며 물었다. 남자는 쓴웃음을 지었다.

"아니요. 이걸로 밥 벌어먹고 삽니다."

"아, 실례했네요. 음악가이신 줄 모르고."

"아뇨, 아뇨. 그렇게 본격적으로 음악 하는 사람은 아니고요. 거리 위에서 기타줄 튕기며 사람들에게 돈을 받아요. 이것도 음악가라고 한다면 그럴 수도 있겠지만 일반적인 음악가는 아니에요. 다른 말로 하면 무직이라고 하죠."

그렇게 말하고 남자는 덤덤하게 웃었다.

"그럼 음악 외에 따로 하시는 일은…."

"없어요. 이걸로만 먹고살기로 했거든요. 곡을 쓰고 곡을 연주하면서 사는 거죠. 제 인생의 유일한 사치로, 돈을 벌면 이곳에서 한잔하고 또 곡도 쓰면서…. 뭐, 그렇게 살아요."

"스타가 되겠다는 꿈을 꾸고 계시군요."

"아뇨, 스타가 되고 싶다는 생각을 한 적은 없지만 그렇다고 되고 싶지 않다고 생각한 적도 없어요."

"그게 무슨 말씀이신지?"

"꼭 돈 때문에 이 일을 하는 건 아니라는 뜻이죠. 잘난 척하는 것처럼 들릴지 모르겠지만 좋아하는 음악을 하고 내 음악을 사랑해주는 사람이 있는 한 돈이 많든 적든 그런 건 아무 상관 없어요. 나로 인해 누군가가 행복하다면 그때가 가장 행복한 순간이니까요. 그런 행복을 쌓아가는 삶을 살고 싶을 뿐이에요."

슈이치는 뒤통수를 한 대 맞은 것 같았다. 직업 특성상 지금까지 만나온 동료나 고객들은 수입이나 보험, 투자 같은 대화만 나누는 비즈니스 상대였다. 그들은 수입을 전제로만 인생을 나누고 비교하며 살아가는 사람들이었다. 눈앞에 있는 이 남자처럼 자기가 하고 싶은 일을 하면서 수입이 적어도 만족하며 살아가는 이를 만난 적이 거의 없었다.

무엇보다 슈이치를 충격에 빠뜨린 것은 그가 사는 방식이 행복해 보인다는 사실이었다. 물론 실제로 행복한지 어떤지는 모른다. 그러나 운전사의 말처럼 마인드가 긍정적인 것만은 분명했다. 적어도 자신의 감정을 컨트롤할 줄 아는 사람이었다.

'강한 사람이다….'

진심으로 그렇게 생각했다. 슈이치는 맥주잔을 비우고는 위스키를 온더록 글라스로 주문했다.

"어떤 곡인지 한번 들어보고 싶네요."

남자는 입꼬리를 실룩이더니 발밑에 있던 가방에서 CD를 한 장 꺼내 슈이치 테이블 가까이에 올려놨다. 슈이치도 의자에서 일어나 한 걸음 옮긴 다음 CD를 손에 들고 남자의 옆자리에 앉았다. CD 커버에는 옆모습이 담긴 흑백 사진에 'Arata'라는 글씨가 적혀 있었다.

"아라타…."

"네, 본명이 후지카미 아라타라 'Arata'라는 닉네임으로 활동하고 있습니다. 괜찮으시다면 선물로 드리고 싶어요."

"아닙니다, 아니에요. 제가 사겠습니다."

CD 뒷면을 보니 1,500엔이라고 쓰여 있었다.

"받아주세요. 돈은 제 곡을 듣고 마음에 드시는 분께만 받고 있어서요. 선생님 성함이…."

"오카다 슈이치라고 합니다."

슈이치는 재빨리 자기소개를 했다.

"오카다 씨는 아직 제 음악을 안 들어보셨잖아요."

하는 수 없이 일단 CD를 받아두기로 했다.

"그럼 감사히 받겠습니다. 집에 가서 꼭 들어볼게요."

슈이치는 CD를 두 손으로 들고 이마에 갖다 대며 고마움을 표했다. 주문한 위스키가 나와 한 모금 마시고는 후지카미를 바라봤다.

"그런데 힘들지는 않으세요? 다음 달은 고사하고 당장 내일의 수입도 어떻게 될지 모른다는 게 두렵지는 않나요?"

남자의 사정을 비꼬려는 의도가 아니라 순수한 궁금증이었다. 좋아하는 일을 하며 사는 삶은 말만 들어도 부럽지만 실제로 그렇게 살아가려면 대단한 각오가 필요하다. 미래에 대한 보장은커녕 내일도 예측할 수 없는 삶 아닌가. 하지만 이 남자에게서는 어떠한 비장함도 찾아볼 수 없었다. 심지어 좋아하는 음악으로 조금이나마 돈이 생기면 이곳에 와서 보내는 시간이 행복하다고 말한다.

백번 양보해서 청춘이기에 가능한 일이라고 여겨보지만, 이것 말고도 강단이랄까 오기랄까 하는 강인함이 보인다. 슈이치에게는 애초부터 그런 게 없었다. 장래에 대해 늘 조마조마한 마음으로 긴장하며 남들만큼 살아가려고 애쓰는 데 급급했다. 어릴 때부터 불안감이 높은 편이었던 슈이치는 이 남자처럼 자기 의지대로 살아가는 삶은 상상도 하지 못했다.

후지카미는 슈이치의 질문에 살짝 웃음 짓고는 술잔을 들이켰다.

"오카다 씨, 기타 쳐보신 적 있으세요?"

"아니요…."

"그러시구나. 자, 이거 좀 보세요. 기타를 오래 치면 이렇게 된답니다."

남자는 슈이치 앞에 자신의 왼손 손바닥을 펼쳐 보였다. 슈이치는 손을 찬찬히 들여다봤지만 그가 무슨 말을 하려는 건지 알 수가 없었다.

"여기, 손가락 끝에 딱딱한 굳은살이 잡혔어요."

마치 만져보라고 내미는 것 같아서 슈이치는 남자의 손가락을 조심스레 만져봤다.

“정말 그렇군요.”

“기회가 된다면 한번 쳐보세요. 처음에는 소리가 잘 안 날 거예요. 살이 워낙 부드럽다 보니 팽팽한 기타줄을 누르면 손끝에 패인 자국만 생기고 아프기나 할 뿐 마음대로 소리가 안 나요. 제대로 소리가 나려면 세게 눌러야 하는데, 그러다 보면 손끝뿐 아니라 다른 부분도 줄에 닿아서 또 예쁜 소리가 안 나죠.”

“한번 쳐보시죠? 마침 두 분밖에 안 계시니까요.”

주인이 바 안쪽에서 웃으며 말했다.

“아니요, 저는….”

남성은 케이스에서 기타를 꺼내더니 슈이치에게 건넸다. 슈이치는 난생처음 만져보는 기타를 가슴에 품듯이 들었다.

“오른손으로 쟝~ 하고 튕겨보세요.”

남성이 말하는 대로 오른손으로 여섯 개의 기타줄을 튕겼다. 쟝~ 하는 소리를 기대했지만 줄이 저마다 시간차를 두고 울리는 바람에 형편없는 소리가 났다.

“그러네요. 생각보다 줄이 훨씬 단단해요.”

“이번에는 왼손으로 줄을 한번 눌러보실래요?”

후지카미는 슈이치의 손가락 하나하나를 짚으며 누를 곳을 지정해줬다.

"이게 C코드예요. 그렇죠. 왼손은 그대로 줄을 누른 상태에서 오른손가락으로 튕겨보세요."

"이, 이렇게…."

슈이치는 시키는 대로 줄을 튕겨봤지만 역시나 이상한 소리만 울렸다.

"하아…. 생각보다 어렵네요."

몇 번이나 손가락을 고쳐 잡으며 C코드를 쳐보려고 했지만 결국 포기하고 말았다. 슈이치는 민망해져 멋쩍은 웃음을 지으며 후지카미에게 기타를 건넸다.

"그래도 꾸준히 연습하면 이렇게 굳은살이 잡혀요. 굳은살만 잡히면 아프지도 않고 줄을 확실히 누를 수 있게 되죠."

후지카미는 슈이치에게 가르쳐줬던 C코드를 잡고 또렷하고 야무진 소리를 들려줬다. 줄을 세게 눌러서 그런지 슈이치의 왼손 끝자락이 찌릿찌릿했다. 후지카미는 기타를 케이스에 넣으며 말했다.

"기타는 손끝에 굳은살이 잡혀야 제대로 칠 수 있어요. 정말 대단하지 않나요?"

"대단하다고요…?"

"네, 꾸준히 연습하다 보면 기타를 칠 수 있도록 저절로 몸이 맞춰지거든요. 물론 기타만 그런 게 아니죠. 피아노든 운동이든 사람 몸은 한 가지 행동을 꾸준히 지속하면 거기에 맞춰지잖아요. 무척 신기한 일 아닌가요?"

슈이치는 딱히 생각해본 적은 없었지만 후지카미의 이야기를 듣고 보니 그런 것 같기도 해 고개를 끄덕거렸다.

"제가 볼 때 사람의 몸은 어떤 것에도 대응할 수 있도록 부드럽고 유연하게 타고난 것 같아요. 그러다가 어느 하나에 흥미를 갖고 몸을 쓰다 보면 특정 부위가 단단해지기도 하고 성장하면서 새로운 자기 몸에 적응하죠. 물론 그렇게 되기까지 거쳐야 할 단계가 있지만요."

"거쳐야 할 단계…."

슈이치는 벌겋게 부어오른 손가락 끝을 쳐다봤다.

"맞아요. 저는 그 단계가 아픔이라고 생각해요. 지금 손끝이 찌릿찌릿하고 아프시죠? 그래도 그 통증이 있어야만 손이 기타에 적합한 상태가 돼요. 부드럽고 유연한 것은 무엇이든 될 수 있다는 증거인 셈이죠. 아픔 없이 전문가가 될 수는 없다고 생각해요."

손끝의 통증을 느끼면서 슈이치는 후지카미의 이야기에 귀를 기울였다.

"동물은 신발을 신지 않고도 산속을 뛰어다니는데 왜 사람은 신발을 신어야 할까 궁금한 적 없으세요? 사람의 발은 신발 안에 둘러싸여 보호를 받았기 때문에 단단해질 기회가 없었던 거예요. 우리 발이 부드러워서 산속을 뛰어다니지 못하는 게 아니라 스스로 과보호를 한 거죠."

슈이치는 과보호라는 표현이 조금 어색해서 피식 웃었다.

"아픔에서 도망치려 줄곧 신발을 신은 게 맞잖아요. 신발을 계속 신고 있는 한 신발 없이는 단 한 걸음도 내딛지 못하는 발이 될 거예요. 만약 산속에서 과감히 신발을 벗으면 어떻게 될까요? 처음에는 아파서 펄쩍펄쩍 뛰겠지만 시간과 과정을 꾸준히 쌓다 보면 발바닥에 굳은살이 생겨서 신발이 필요 없는 단단한 발이 되지 않을까요?"

"신발이 필요 없는 발이라고요…?"

후지카미가 호탕하게 웃는다.

"비유를 하자면 그렇다는 거죠."

"아, 네…."

슈이치는 알 듯 말 듯한 표정을 지으며 대답했다.

"그러니까 제 말의 요점은 우리 몸은 부드럽고 여리지만 아픔을 참고 단련하면 강해지고 단단해진다, 그리고 더 이상 아픔을 못 느낄 때쯤이 되면 몸이 최적화돼 내가 원하는 바가 이뤄진다는 거죠. 이게 저의 지론이에요."

후지카미는 부드럽게 미소 지으며 말을 이었다.

"사실 말이죠. 무거운 기타 케이스를 들고 다니면서 곡을 만들고 사람들 앞에서 연주하며 하루하루 살아간다는 거…. 엄청 고되고 힘든 일이거든요. 하지만 나약하고 소심한 저를 단련하려면 이 방법밖에 없더라고요. 제가 이래 봬도 한때는 회사원이었어요."

"아, 진짜요?"

"네, 가게 입구에 까는 현관용 매트 있잖아요. 신발에 묻은 흙을 털기 위해서 깔아놓는 거. 그 매트를 교체하는 일이었어요. 좋아하는 음악만 하면서 살고 싶었지만 생활이 불안정하니까 일을 그만두고 음악에만 올인할 엄두가 나지 않더라고요. 회사에서 돈을 버는 건 음악 활동을 위한 방편에 불과했지만, 사실은 매달 고정적으로 들어오는 돈이 없어진다는 게 너무 무서웠어요. 소심한 겁쟁이였죠."

"누구나 그렇지 않나요? 믿는 구석이 있어야 도전도 하는 거니까요. 그런 이유 때문이라면 후지카미 씨는 겁쟁이가 아니에요. 사람들 앞에 서서 연주하는 사람을 누가 소심한 겁쟁이라고 보겠어요."

"사람들 앞에서 연주하는 것도 무서웠어요. 처음에는 손가락이 덜덜 떨리고 중간에 한번 막히면 머릿속이 하얘져서 기타를 내려놓기 일쑤였죠. 집에서 연습할 때는 술술 잘되는데 사람들 앞에만 서면 어찌나 떨리는지…. 그렇게 음악을 시작했어요. 그런데 어느 순간 깨닫게 되더라고요."

"강해지기 위해 반드시 필요한 단계…."

"맞아요. 나는 겁쟁이에 소심하니까 더 강해져야 해. 그러려면 고통이 있어야 해. 시련을 견디자, 견뎌내자. 길 위에서 연주하며 이런 생각을 줄곧 했던 것 같아요. 그렇게 어느 정도 적응을 하니까 새로운 시련을 찾게 되더라고요. 그때 회사를 그만뒀어요. 시련 앞에서도 아픔을 느끼지 않는다면 삶에 대한 굳은살이 생겼다는 뜻이니까. 그때부터는 자유로워지지 않을까 생각했죠."

"그래서 어떻게 됐어요? 정말 후지카미 씨 생각처럼 달라졌나요?"

후지카미가 빙그레 웃었다.

"글쎄요, 잘 모르겠어요. 하지만 적어도 이랬으면 어땠을까, 저랬으면 어땠을까 하는 미련은 없더라고요. 참 신기하죠. 손에 무언가를 잔뜩 쥐고 있을 때는 놓치지 않으려고 몸부림쳤는데 막상 손을 펴고 나니 기타 하나와 낡고 비좁은 아파트 하나밖에 없는데도 마음이 더 편안해요."

"그렇군요…."

"그러고 보면 강해진 것 같기는 해요, 분명히."

"그럼 앞으로도 계속 길 위에서 연주하실 건가요? 아니면 언젠가는…."

후지카미는 고개를 저었다.

"거기까지는 아직 잘 모르겠습니다. 그래도 지금의 삶이 나를 단련시키는 건 확실하니까 앞으로 무엇이든 할 수 있을 것 같아요. 음악을 계속할 수 있으면 좋겠고 또 다른 기회가 있다면 가게를 시작할 수도 있겠죠. 나를 단련하면 무엇이든 할 수 있다, 요즘 이런 생각이 드네요. 당장 내일 먹고살 일을 걱정해야 하는 게 힘들지 않냐고 물어보셨죠. 당연히 너무 힘들어요. 하지만 저는 오히려 힘들기를 바라면서 이 생활을 하고 있는 거예요. 그래서 무섭다는 생각은 들지 않습니다."

"스스로를 단련하기 위해서 말이죠."

"그렇습니다. 당분간은 좀 더 시련 속에 저를 던져보려고요. 견디기 힘들 때도 있죠. 그래서…."

후지카미는 말을 끝내지 않은 채 잔을 들었다.

"여기에 와서 힐링을 하는 거군요."

슈이치도 유리잔을 들었다.

"갑자기 마쓰야마에는 왜 갔어요?"

아내 유코의 첫 마디였다.

"집에 가서 설명할게. 일 때문에 온 거야."

이렇게 대답은 했지만 아내를 이해시키기는 어려우리라.

"그건 그렇고 한 가지 물어보고 싶은 게 있는데."

"뭔데요?"

"어제 유메카 담임을 만났잖아."

"그랬죠."

"내가 도착하기 전에 당신이 먼저 담임을 만나면서 혹시 무슨 이야기 했어?"

"이야기요? 그냥 세상 돌아가는 얘기 같은 거 하다가, 잠깐만…. 아! 맞네. 당신 말이 나와서 보험 영업 일을 하고 있다고 했죠. 마침 선생님이 생명보험을 들려고 생각하던 차라 당신에게 상담받고 싶다고 했어요. 그래서 내가 면담 끝나고 상담하시면 좋겠다고 말했는데 그날 당신이 언짢아하면서 확 나가는 바람에…."

"알았어. 일단 끊을게…."

운전사의 이야기는 사실이었다. 그렇다면 오늘 바에서 있었던 일이 정말로 자신의 운을 바꾸는 절호의 기회라는 말이 된다. 슈이치는 확신을 하면서도 그럴듯한 변화가 있었는지는 자신하지 못했다. 물론 난생처음 바에 가봤고, 거기서 만난 길거리 음악가의 이야기는 삶에 대한 태도를 다시 돌이켜볼 만큼 신선한 울림을 줬다. 헤어지면서 명함을 건네기는 했으나 영업 때문이라기보다는 이름을 소개하는 정도의 가벼운 마음이었다. 보험을 권할 만한 상대가 아니라는 것은 진작 파악했다.

운전사는 보험 말고도 더 행복해질 수 있는 미래에 대한 가능성을 들려줬다. 그렇다면 영업을 그만두고 다른 길을 선택하라는 건가.

"설마 기타…?"

문득 떠오르는 생각에 슈이치는 쓴웃음을 지었다.

"마흔 넘은 아저씨가 기타를 배워 기타리스트가 됐다? 말도 안 되는 소리지."

도저히 상상이 안 되는 미래를 떠올리는 순간 슈이치의 가슴이 뛰기 시작했다. 틀림없이 두근두근하는 느낌을 받았지만, 해결해야 할 중요한 문제에서 도망치려는 것일 뿐이라는 현실적인 생각으로 설레는 감정을 외면했다.

"하…. 계약 한 건도 못 하고 도대체 지금 여기서 뭘 하고 있는 건지…."

슈이치는 현실의 무게를 깨닫고는 평소처럼 자신을 끝도

없이 질책했다. 동시에 다른 생각이 슬금슬금 피어올랐다. 가난하지만 행복한 음악가처럼 미래에 대한 두려움을 없애기 위해 나에게도 시련이 필요했던 건 아닐까. 현실은 절망이지만 자기 마음까지 절망의 늪에 빠져 있는 건 아니라는 생각이 갑자기 들면서 운전사의 말이 기억났다.

'당장은 아무 일도 일어나지 않을 수 있어요. 씨를 뿌리고 나면 수확하기까지 시간이 필요하니까요.'

어쩌면 훗날 자신의 인생을 돌아볼 때 오늘 밤의 만남이 전환점이 됐을지 모른다. 슈이치는 오늘의 짧은 만남을 한 줄로 정리했다. 슈이치의 가슴에 어렴풋하게 희망 한 조각이 자리 잡았다.

다음 날, 아침 일찍 슈이치는 도고온천으로 향했다. 온천을 즐기면서 지금 처한 상황을 천천히 정리하고 싶었다. 예전 고객 중 마쓰야마 출신이 있었는데, 도고온천은 예로부터 태자도 요양을 왔을 정도로 물이 좋다고 추천했었다.

탕에서 나와 목욕 가운을 입으니 갑자기 땀이 비 오듯 쏟아졌다. 땀에 젖은 얇은 가운 사이로 보드라운 아침 바람이 스치자 무어라 표현할 수 없는 청량함으로 몸과 마음이 개운해졌다. 이렇게 평온한 아침은 정말 오랜만이다.

슈이치는 어제 입은 양복으로 갈아입고 온천을 나와 전철에 올랐다. 아무 목적도 없이 마쓰야마 상점가를 느릿느릿 걸어볼 셈이었다. 활기 넘치는 상점가를 터덕터덕 걷는 것만으로도 기분이 맑게 개었다.

'흠…. 아무 생각 없이 지내는 일이 그리 고역은 아닌데?'

그 순간 눈앞에 악기점이 나타났다. 자기도 모르게 빨려들 듯 가게 안으로 들어간 슈이치는 시간이 꽤 지난 뒤 어깨에 기타 케이스를 메고 밖으로 나왔다. 갑자기 왜 충동적으로 기타를 샀는지 악기점을 나오고 나서 생각했는데, 아무래도 운전사의 이야기에 이끌렸다고밖에 말할 수 없을 듯싶다. 기타를 사기 위해 악기점을 찾아다닌 것도 아니건만 눈앞에 가게가 떡하니 나타나니 거부할 수 없는 운명처럼 느껴졌다.

악기점에서 후지카미의 기타와 똑같은 브랜드의 기타를 발견했다. '마틴(Martin)'이라고 쓰여 있는 기타 가격이 너무 비싸 깜짝 놀랐다. 악기점 점원은 이왕 살 거면 비싼 것이 좋다고 조언했지만 한두 푼이 아쉬운 상황에서 선뜻 손이 가지 않았다. 결국 슈이치는 10만 엔 정도의 싸지는 않지만 아주 비싸지도 않은 기타를 샀다.

가게를 나오면서 충동구매를 한 것 같아 살짝 후회가 됐으나, 원래 사고 싶었던 마틴 기타에 비하면 10분의 1밖에 안 되는 가격이라며 합리화를 했다. 왠지 모르게 자기에게 필요한 물건이라는 확신이 들었다. 그렇지만 막상 이 기타를 어떻게 사용할 것인지, 왜 필요한 건지는 슈이치 자신도 몰랐다. 누군가에게 설명할 수도 없거니와 이해해주리라는 기대도 할 수 없었다. 유코한테는 어떻게 설명할지…. 비로소 현실을 자각한 듯 슈이치가 머리를 감싸쥐었다.

아마도 아내는 기타를 보자마자 버럭 화를 낼 것이다. "뭐야, 이걸 왜 사온 거야?" 심각할 정도로 고래고래 소리를 지르지는 않겠지만 투덜거릴 게 훤하다. "도대체 그런 걸 살 여유가 어디 있어!", "어차피 며칠 배우다가 말 텐데 또 쓰레기만 늘었잖아!" 일방적인 잔소리가 끝나고 나면, 그다음부터는 미안해하며 상황을 이해해보려 애쓸 것이다. "아니, 뭐…. 일 때문에 어쩔 수 없이 기타를 사야 할 상황이었다면 하는 수 없지만…."

그러나 이러한 가정은 일이 순조롭게 흘러간다는 전제에서나 가능하다. 이후에 슈이치가 해야 할 이야기들은 유코가 감당하기 힘들 만큼 혼란스러울 것이 분명했다.

"보험이 스무 건이나 해지돼버렸어."

"다음 달 월급은 3분의 1이 넘게 줄어들고, 심하면 반 정도 환수 처리될 수도 있어."

"이미 받은 열 달 치 월급도 토해내야 할 거야."

"보너스도 환수되니까 당분간은 수입을 기대하기 어려워."

"모아둔 돈에 손을 대야 할지도 몰라. 그렇게 되면 유메카 학비로 넣었던 적금을 깨야 할 거야."

"첫 해외여행이라 기대했을 텐데 파리도 못 가."

어느 것 하나 가벼운 마음으로 할 수 있는 내용이 아니다. 듣는 사람 입장에서 상당한 각오가 필요한 이야기다. 그럼에도 가족이니까 솔직히 털어놓을 수밖에 없다.

유코가 다행히도 상황을 이해해주며 "하는 수 없지. 앞으로 다시 열심히 살면 돼"라고 말해준대도 그 뒤에 "그건 그렇고 이 기타는 뭐야…?"라고 물어올 것이 뻔하다. 어차피 설득할 수 없을 테니 차라리 요상한 운전사 이야기를 해버릴까, 머릿속이 복잡해 생각이 꼬일 대로 꼬였다. 슈이치는 고개를 크게 가로저었다.

"그 이야기야말로 절대 이해 못 할 거야."

그러나 늦은 밤이 돼서야 집에 도착한 슈이치를 맞이한 유코의 반응은 예상과 딴판이었다. 기타를 메고 들어온 남편을 기가 막힌 눈빛으로 바라보면서 잔소리를 늘어놓을 줄 알았는데 유코는 정작 딱 한마디를 건넸다.

"그건 뭐야?"

대사는 짐작한 대로였지만 표정에서는 분노를 찾아볼 수 없었다. 그저 조금 의외였던 모양이다.

"아, 그게 사정이 좀 있어서…. 다음에 이야기할게."

그렇게 얼버무렸는데도 유코는 더 묻지 않았다. 고객 때문에 어쩔 수 없이 샀다고 이해해주는 건가. 슈이치는 안도의 숨을 뱉으며 가슴을 쓸어내렸다. 그러나 아직 최대 난관이 남아 있다. 슈이치는 차마 입을 열지 못하고 거실에 멍하니 서 있었다.

모든 노력은 보상받는가

행운로
30
일방통행
TAXI

그날 이후부터 슈이치는 혼신의 힘을 다해 기타 연습을 했다. 그 덕분에 손가락 끝에는 살짝 굳은살도 생겼다. 슈이치는 굳은살을 엄지로 문지르며 흔들리는 택시에 몸을 맡긴 채 창밖 풍경을 바라봤다. 매일 나타날 줄 알았던 요상한 운전사가 5일 만에 드디어 모습을 드러냈다. 그동안의 일들이 현실인지 꿈인지 분간이 안 되기 시작할 즈음 돌연 눈앞에 나타난 것이다.

운전사는 오늘도 목적지를 밝히지 않고 차를 몰았다. 슈이치는 최근 며칠 동안 자신에게 일어난 변화를 떠올리며 아무 말 없이 앉아 있었다. 긍정적인 마음을 가져야 운을 포착하는 안테나의 감도가 높아진다는 운전사의 조언을 자기 나름대로 실천하는 중이었다. 그러나 요사이 특별히 이렇다 할 만한 변화는 없었다. 신규 계약도 따내지 못했다.

하루하루 월급날이 다가오는 가운데, 운이 좋아지는 건 고사하고 최악의 시나리오가 벌어지기 직전이었다. 슈이치는 '이러고 있을 때가 아닌데' 하며 조급한 마음이 들다가도 문득 미간에 주름이 생겼을까 싶어 얼른 표정을 풀었다.

'안 되지, 안 돼. 긍정적으로, 웃는 얼굴로.'

불안한 나날을 보내면서도 슈이치는 자신을 다독였다. 그러다가 룸미러 너머 운전사의 얼굴을 본 순간, 퍼뜩 떠오르는 것이 있었다. 최근 며칠간 뭔가 중요한 것을 잊어버리고 있다는 느낌이 들던 참이었다.

'아! 포인트카드.'

예전에 운전사는 운과 포인트카드를 비교하며 그 둘이 같다고 말했다. 운이 좋다, 운이 나쁘다가 아니라 운을 사용할 것인가, 운을 적립할 것인가로 운을 대하는 태도를 바꿔야 한다고 말이다. 나에게 좋은 일이 일어났다는 것은 운이 좋아서가 아니라 운을 사용했다는 의미라고.

슈이치는 그동안 운전사가 들려준 이야기를 하나하나 떠올리면서 어쩌면 자신이 엄청난 착각을 하고 있는지도 모른다는 아찔한 생각에 "앗" 하고 소리를 내고 말았다.

'잠깐만, 잠깐만. 운을 감지하는 태도에 대해선 말해줬지만 운을 어떻게 적립하는지는 들은 게 없잖아. 운을 적립해야 사용할 수 있는데 내가 하나도 모으지 않았다면 좋은 기회가 와도 사용을 못 한다는 거 아냐? 과연 내가 인생을 180도 바꿀 만큼 운을 적립해왔다고 장담할 수 있을까.'

슈이치는 앞좌석을 잡아당기면서 상체를 벌떡 일으켰다.

"왜 그러세요?"

깜짝 놀란 운전사가 룸미러로 슈이치를 쳐다봤다.

"운전사 양반, 정확하게 좀 가르쳐주쇼. 짜증과 화를 달고 살면 운을 뒤바꿀 기회가 와도 알아차릴 수 없다고 전에 말했잖소?"

"네, 그랬죠."

"긍정적으로 산다는 건 그 기회를 알아차릴 수 있다는 말이지 운을 적립한다는 말은 아니죠?"

"아니에요, 긍정적으로 살수록 운은 자동으로 적립되는 겁니다."

슈이치는 그제야 안심이 되는지 의자에 등을 기댔다.

"티끌 모아 태산이라는 말이 있잖습니까?"

슈이치는 다시 일어나 운전사 쪽으로 바짝 다가앉았다.

"티끌이라고 무시하시면 안 됩니다. 늘 미소를 띠며 긍정적으로 사는 사람과 매번 불평불만을 쏟아내며 사는 사람이 1년 동안 적립한 운의 양은 비교가 안 될 만큼 엄청난 차이가 있어요."

"음…. 그런가?"

운전사의 말에 슈이치는 약간 맥이 빠졌다.

'내가 철들 무렵부터 지금까지 긍정적인 마음으로 살아왔다면 지금쯤 엄청난 운을 적립해놨으려나? 월급날 전에 신규 계약을 많이 따내서 기사회생하는 행운 같은 건 아예 꿈도 못 꾸겠네. 젠장!'

"티끌 모아 태산 말고 처음부터 태산만 한 운을 모을 수 있는 방법은 없나…."

슈이치는 생각에 깊이 빠져 자기도 모르게 혼잣말을 중얼거렸다.

"있습니다."

운전사의 말에 슈이치의 눈이 휘둥그레지며 반짝였다.

"어떻게 하면 되는 거요?"

"바로 누군가의 행복을 위해 오카다 씨의 시간을 사용하는 겁니다."

"누군가의 행복을 위해 나의 시간을 사용하라."

슈이치는 운전사의 말을 따라 했다.

"물론 그게 전부는 아닙니다. 타인을 위해 자신의 시간을 사용했다면 대가로 다른 무언가를 얻게 됩니다. 내가 해준 것과 받은 것의 차이가 바로 '운'입니다."

"…그게 무슨 말인지?"

"네? 그렇게 어려운 이야기가 아닌데요."

운전사는 차선을 바꾸더니 길 위에 멈춰 서 있는 이삿짐 트럭을 추월했다.

"오카다 씨가 휴일에 친구네 이사를 도와줬다고 가정해봅시다. 친구를 위해 자신의 귀한 시간을 사용한 셈이잖아요. 며칠 후 이삿짐을 정리한 친구가 고맙다며 장어 음식점으로 불러낼지도 모르죠."

택시는 횟집 옆을 지나쳤다.

"오카다 씨가 해준 것은 친구의 이사를 도와준 일이고, 받은 것이 장어 대접이에요. 어떻게 생각하세요? 당신이 친구한테 더 많이 베푼 것 같은가요, 아니면 더 많이 받은 것 같은가요?"

"음…. 뭐, 그 정도면 비슷비슷한 것 같은데."

"그렇게 생각한다면 오카다 씨는 운을 사용한 것도 아니고 적립한 것도 아니죠. 그런데 만약 친구가 20만 엔이라는 큰 사례금을 줬다면 어떨까요?"

"그건 너무 많이 받은 거죠."

"제 생각도 같아요. 그렇다면 오카다 씨는 운을 사용한 거예요. 또 반대로 친구를 도와주고도 별다른 인사를 받지 못했다면…."

"운이 적립됐다…. 이 말이오?"

"바로 그거예요."

운전사의 설명은 아주 명확하고 쉬웠다.

'맞아, 어떻게 생각해도 운이 쌓이는 게 맞지.'

"그러니까 당신 말은 누군가에게 도움을 줬는데 답례가 없거나 도움에 준하는 어떤 것도 받지 못했다면 그만큼 나한테 운이 적립된다는 뜻입니까?"

"맞아요."

슈이치는 팔짱을 낀 채 조수석의 머리 받침대를 뚫어져라 응시했다. 운전사가 하는 말이 이해가 될 듯 말 듯 혼란스러워 마음속에서 질문이 꼬리를 물었다.

"음." 낮은 신음 소리를 뱉으며 슈이치가 입을 열었다.

"돈 받고 하는 일도 그렇다고 할 수 있소?"

"그렇습니다."

"하지만 손해 보는 경우가 더 많지 않나?"

"어떤 경우가 그렇죠?"

"예를 들어 이삿짐센터에서 일한다고 했을 때 그날의 노동 강도가 1만 엔 정도는 받아야 할 만큼 힘들었는데 사장이 5,000엔만 준다면 손해 아닙니까?"

"손해가 아니죠. 그만큼 운이 쌓인다니까요."

"그런 식으로 생각하면 결국 회사만 좋은 일 시키는 거지. 아무리 운이 적립된다고 해도, 평생 손해만 보며 살다간 운이 적립됐는지 마는지 신경도 못 쓰고 누려보기도 전에 지쳐 죽을 거요."

운전사가 고개를 가로저었다.

"그렇지 않아요. 계속 운이 쌓이는 거니까 언젠가…."

이번에는 슈이치가 단호한 표정으로 고개를 흔들었다.

"아냐, 그게 아니지. 당신은 언제 운명을 역전할 기회가 온다고 자신 있게 말할 수 있소? 평생 코 꿰어서 일만 죽어라 하다가 끝내 좋은 구경 한 번 못 하고 눈을 감는 인생이 더 많다니까. 그런데도 언제인지도 모를 그날만 생각하며 버티라는 거요?"

"살다 보면 누구나 힘든 일을 겪죠. 그러나 역경을 헤쳐나가야 하는 대부분의 사람들이 긍정적으로 살다 보면 그때까지 모아둔 운을 사용할 수 있는 중요한 기회가 반드시 찾아옵니다. 오카다 씨가 말하는 억울한 사람들은 긍정적인 마인드와 전혀 상관없는 삶을 스스로 선택했을 거라는 생각은 안 해보셨어요?"

이야기를 마친 운전사가 턱을 치켜들어 어딘가를 가리켰다. 어느 전철역 입구에서 사람들이 쏟아져 나왔다. 대부분 무표정으로 바닥을 보며 걷거나 종종 눈살을 찌푸리고 있었다. 슈이치가 생각하기에도 운전사의 이야기는 일리가 있었다. 자신을 포함해 출퇴근길에 스치는 사람들의 얼굴에서 밝은 모습을 찾아보기는 힘들다. 의욕이 없거나 짜증스러운 것이 당연하게 여겨지는 일상이다.

'정말 생각을 바꿔 긍정적으로 인생을 대하면 운이 쌓여서 운명을 바꾸는 기회를 잡을 수 있는 걸까? 누구나 그렇게 될 수 있나?'

슈이치는 조금 전 운전사가 한 말을 되풀이했다.

"그런데 아까 대부분이라고 하지 않았소?"

운전사는 룸미러로 슈이치를 바라보며 빙그레 웃었다. 참 밝은 웃음이다.

"아주 섬세하시네요."

"뭐, 보험 일을 하다 보면 단어 하나에도 신경을 써야 하니까. 그렇지 않으면 나중에 난처한 일이 생기니 말이오. 그보다 조금 전에 대부분의 사람들이라고 했는데, 모든 사람에게 해당하지는 않는다는 거요? 그러니까 모든 사람이 그렇게 될 수 없다고 인정한 셈 아닙니까?"

"실제로 있을 수는 있겠죠. 하지만 절대로 없어요."

"도대체 무슨 소리를 하는 겁니까!"

말장난 같은 운전사의 말에 슈이치는 순간적으로 짜증이 치솟았다.

"보세요. 또 금방 언짢아하시네요."

운전사는 당황한 표정 하나 없이 웃으면서 슈이치를 진정시켰다.

"아니, 당신이 도무지 알아듣지 못할 괴상한 소리만 하고 있으니 그러잖소."

운전사는 웃음을 터뜨렸다.

"그것도 그렇군요."

"이게 웃을 일입니까? 난 당신이 하는 말만 믿고 별짓을 다 했단 말이오. 뭐가 뭔지도 모르는 채로 바보처럼 실실 웃어가면서…."

"밤새 기타 연습도 하시고…."

"그래, 밤새…. 뭐야, 당신 지금 나를 갖고 장난친 거야?"

"아니에요, 다짜고짜 화를 내시니까 조금이나마 웃게 해드리려고…."

“사람을 바보로 만들었는데 웃으라고? 제대로 알아듣게 좀 설명하쇼!”

운전사는 살짝 어깨를 움츠렸다.

“알겠어요. 안 그래도 그 얘기를 하려고 했는데 마침 잘됐네요. 오카다 씨. 제가 왜 당신 앞에 자꾸 나타나는지 생각해 본 적 있으신가요?”

“뭐요?”

슈이치는 말문이 막혔다.

“제 일은 손님의 인생을 뒤바꿀 만큼 멋진 운을 거머쥘 수 있는 장소로 모셔다드리는 것입니다. 그것도 이 미터기 숫자가 0이 될 때까지 공짜로 말이죠. 그것만으로도 굉장한 선물이라는 생각이 들지 않으세요?”

“….”

듣고 보면 틀린 말이 아니다. 심지어 한두 번도 아니고 미터기 숫자가 0이 될 때까지 공짜로 탈 수 있다니 손님 입장에서 참 감사한 일이 아닐 수 없다. 그럼에도 불구하고 정작 슈이치는 운전사에게 감사는커녕 걸핏하면 화를 내며 윽박지르기 일쑤였다. 정곡을 찔린 느낌이었다. 슈이치는 자기 생각만 하며 떼쓰는 아이처럼 행동했다는 사실에 화가 누그러지면서 부끄러워졌다.

"아니, 그건 정말 고맙게 생각하는데…."

"고맙다는 생각은 하셨군요. 다행이네요. 그런데 왜 자신이 이 택시의 손님이 됐는지는 생각 안 해보셨나요?"

"…."

슈이치는 입을 다문 채 고개를 흔들었다. 운전사가 그 모습을 봤는지 어땠는지 알 수 없겠다는 생각이 들어 작은 소리로 대답했다.

"생각해본 적 없소…."

"그럼 지금 한번 생각해보세요. 제가 왜 오카다 씨에게 온 것 같으세요?"

"그거야…."

슈이치는 '운 좋게 뽑힌 거겠지'라고 말하려다가 급히 입을 다물었다. 운은 좋고 나쁘고가 아니라 사용하느냐 적립하느냐의 문제라고 알려준 사람이 바로 이 운전사 아닌가. '운 좋게'라는 대답은 있을 수가 없다. 그렇다면 '운을 많이 적립해둔 덕에 뽑혔다'라고 말해야 하나? 하지만 그렇게 운을 적립할 만큼 잘 살아온 기억이 없다.

깔깔거리며 잘 웃고 성격이 밝았던 적이라고는 초등학교 때가 마지막이었다. 중학생이 되면서부터는 세상 모든 것이 다 회의적이고 불만스러워서 거의 늘 무표정이었으니 운을 적립했다는 건 말이 안 되는 소리다.

"잘 모르겠습니다."

슈이치가 솔직하게 말했다. 목소리도 무겁게 가라앉았다.

"도대체 내가 왜 무료 승객으로 뽑힌 거요?"

슈이치는 정말 궁금하다는 표정으로 운전사에게 물었다.

메밀소바의 맛

행운로
30
일방통행
TAXI

"여보, 늦었어요. 이제 그만 자야죠."

"응, 알았어…."

타미코의 말에 마사후미는 건성으로 대답만 할 뿐 여전히 가게 장부와 통장, 이런저런 서류를 골똘히 들여다봤다. 마사후미는 2년 정도 전부터 가게 매상이 떨어지고 있다는 걸 어렴풋이 알았지만 최근 1년 사이에 이렇게까지 추락하리라고는 예상하지 못했다.

"슈이치한테 보내는 생활비를 조금 줄여야겠어요. 요즘 아르바이트를 며칠 더 한다고 하던데."

"얘한테는 아무 말 마."

잔뜩 인상을 쓴 채 입을 꾹 닫고 있던 마사후미가 한마디

던지고는 다시 장부를 뚫어져라 쳐다봤다. 이 상황을 책임져야 하는 게 가장의 무거운 현실이다. 그러나 아무리 발버둥 쳐도 별다른 방법이 보이지 않는다.

'도저히 안 될 것 같아…. 이제 1년인데….'

대학교 4학년이 된 아들 슈이치가 졸업하기까지 남은 시간을 헤아려본다. 부모로서 생활비를 보내주고는 있지만 도시에서 자취하는 아들이 학업에만 전념할 수 있을 만큼 넉넉한 금액은 아니었다. 그래서 아들 녀석도 어쩔 수 없이 아르바이트를 하는 것이고. 혈기 왕성한 대학생인데 친구들과 어울리고 싶은 마음이 왜 없을까.

아들에게 돈 생각 말고 대학생활에 집중하라고 말하고 싶지만 본인이 돈을 벌고 쓰겠다는데 말릴 수는 없다. 그것과 별개로 아들한테 보내는 생활비를 줄이지 않는 것은 가장인 마사후미 나름의 자부심이었다. 아들만큼은 자신들과 달리 여유 있고 행복한 인생을 살게 해주고 싶다. 그러려면 대학을 졸업하고 도시에서 취직해야 한다. 그것만이 이 버거운 현실에서 마사후미를 견디게 해주는 원동력이었다.

몇 년 전까지만 해도 얼마든지 가져다 쓰라고 반기던 은행들이 최근 들어서는 정반대로 돌아서 돈 한 푼 빌리기 어려워졌다. 마사후미의 나이나 가게 매출로는 대출을 받기도 힘든데, 엎친 데 덮친 격으로 2년 전부터 계속된 거품경제 때문에 은행 문은 더욱 굳게 닫혀버렸다.

변제 기간을 늘려 조금이나마 대출을 받아볼까 싶었지만 사실 예전에 쓴 대출금도 아직 다 갚지 못했다. 돌이켜보면 왜 그렇게까지 많은 돈을 빌렸는지 종종 후회가 되는데, 당시 마사후미는 자기 힘으로 충분히 빚을 갚을 수 있다는 자신감으로 우쭐해 있었다.

그러나 지금에 와서는 상점가 땅값이 헐값으로 떨어져 집과 가게가 딸린 이 건물을 팔아도 빚을 청산하기엔 역부족이었다. '정리할 수 있는 건 최대한으로 정리해서 어떻게든 버텨봐야 해.'

얼마 전에는 골프 회원권까지 팔았다. 가장 확실한 자산이라고 확신하며 다소 무리해서 투자했건만 막상 팔려고 내놓으니 0이 하나 빠져버렸다. 상점가가 파리를 날리고 골프 회원권이 휴지 조각이 돼버리는 시대가 올 줄이야. 한때 잘나가는 사장이었던 마사후미로서는 상상도 못 할 일이었다.

마사후미는 테이블 위에 잔뜩 쌓인 서류 뭉치 사이에서 봉투 하나를 꺼내들었다. 생명보험 증권이었다. 슈이치가 태어나기 전에 가입한 생명보험은 마사후미의 나이와 함께 보험료도 점점 올랐다. 물론 아이가 클수록 사망보험금도 줄어들기 때문에 유지를 해야 하나 고민은 됐지만, 슈이치가 대학을 졸업할 때까지는 필요할 것 같아서 계속 보험료를 냈다.

무리하면서까지 보험을 유지한 또 다른 이유는 혹시라도 자신이 병이 들어서 슈이치의 장래를 망쳐버릴지 모른다는 두려움 때문이었다. 무슨 일이 있어도 그런 상황만큼은 피하고 싶었다. 마사후미는 보험 증권을 빤히 바라봤다.

“어제 미리 이야기해줬으면 도시락을 싸놨을 텐데.”

타미코는 현관 앞에 앉아서 신발끈을 묶고 있는 마사후미 등에 대고 말했다.

“아냐, 올라가다가 간단히 먹을 거니까 괜찮아.”

마사후미는 그렇게 대답하고 가방을 둘러멨다. 슈이치가 어릴 때 함께 산에 오르려고 샀던 등산용 점퍼와 신발로 갖춰 입은 마사후미는 아내 타미코의 얼굴을 쳐다보며 온화한 미소를 지었다. 타미코는 남편의 뜬금없는 미소에 조금 놀라기는 했지만 웃는 얼굴로 화답했다.

“몇 시쯤 올 것 같아요?”

“글쎄, 너무 오랜만이라서…. 체력이 얼마나 받쳐주느냐에 따라 다르겠지.”

“무리하지 마요.”

"알았어…. 다녀오리다."

마사후미는 그 말을 남기고 현관을 나섰다. 타미코는 남편이 자기를 보고 웃어준 일이 너무 오랜만이라 현관문이 닫히고도 혼자 피식 웃었다.

"웬일이야, 갑자기 산을…."

타미코는 혼잣말을 하고 나서 아침 식사 준비를 위해 주방으로 향했다. 오전 6시였다.

"슬슬 걸어볼까…."

마사후미는 정기휴일이라 셔터가 내려간 가게를 한 번 훑어보고는 돌아서서 걷기 시작했다. 상점가 아케이드를 벗어나 역전 거리를 걷고 있는데 오른쪽으로 달려오던 택시 한 대가 멈춰 섰다. 운전사와 눈이 마주친 마사후미가 나지막한 목소리로 말했다.

"안 타요."

"어서 타세요. 요금은 벌써 받았거든요."

마사후미는 운전사의 영문 모를 이야기와 잔잔한 미소에 이끌리듯 뒷좌석에 올라탔다.

요금을 받았다니, 마사후미는 그게 무슨 뜻인지 궁금해서 질문을 하려다 이내 입을 닫았다. 그런 것쯤은 아무래도 좋았다. 태워준다고 했으니 그냥 타면 될 일이다. '오늘은 그래도 돼.' 이 정도만 생각하기로 했다.

택시는 손님의 목적지를 묻지도 않고 달려나갔다.

마사후미는 시종 말없이 운전사가 하는 이야기를 듣고 있었다. 그가 하는 이야기는 하나같이 말도 안 되는 불가사의한 내용뿐이었다. 그럼에도 마사후미는 어떤 의문도 품지 않고 어떤 질문도 하지 않았다. 그도 그럴 것이 사실 마사후미는 운전사의 이야기를 제대로 듣지 않았다. 택시 미터기 숫자가 '100,000'에서 '98,820'으로 바뀐 것을 보고도 "참 별일이군" 하면서 별생각 없이 중얼거렸다.

택시는 강가로 이어진 길을 따라 물살 반대쪽으로 거슬러 올라갔다. 산으로 올라가고 있다는 증거다. 목적지를 말하지는 않았지만 자신의 차림을 보면 누구라도 쉽게 짐작할 수 있을 터였다. 마사후미는 이쯤이면 좋겠다고 생각했다.

"조금 더 가서 내려주시겠소?"

마사후미가 그렇게 말하는 순간, 운전사가 깜빡이를 켜더니 강가 좁은 길에서 우회전을 했다.

"어? 지금 어디로 가는 겁니까?"

마사후미가 물었지만 운전사는 아무 말도 하지 않았다. 그 사이 기다란 천이 달린 장대가 세워져 있는 낡은 건물 앞에서 택시가 멈췄다.

"여기 소바 맛이 아주 기가 막힙니다. 한번 드셔보시겠습니까?"

운전사가 미소를 띠며 말했다. 마사후미는 쓴웃음을 지으며 고개를 가로저었다.

"말씀은 고맙소만 식사는 됐으니 내리겠소."

"안 됩니다."

운전사가 단호한 어조로 말했다.

"안 된다고요?"

"네, 안 됩니다. 선생님에게 내일이 없다고 해도 이 소바를 드셔야만 합니다."

마사후미는 깜짝 놀라서 눈을 동그랗게 떴다. 설마 이 운전사에게 무슨 초능력이라도 있는 것일까. 아무 말도 하지 않았는데 운전사는 자기가 무슨 생각을 하는지 다 알고 있는 듯했다. 마사후미는 긴장한 표정으로 운전사의 얼굴을 빤히 바라봤다.

"소바를 드신 후에는 어디를 가셔도 괜찮습니다. 하지만 그 전에 반드시 이 가게에서 소바를 드셔야 합니다."

"도대체 왜 내가 여기서 소바를 먹어야 한다는 겁니까?"

마사후미는 지금부터 자신이 하려는 일을 운전사가 알고

있다는 직감 때문에 신경이 날카로워지고 목소리가 떨렸다.

"그 이유는, 오늘이 바로 료조 씨의 기일이기 때문입니다."

"뭐…라고요…?"

마사후미는 숨을 꼴깍 삼켰다.

"어…어떻게 당신이 그걸 알고 있는 거죠?"

마사후미는 온몸이 떨리는 것을 애써 참으며 물었다.

"1944년 7월 7일은 선생님의 아버지인 료조 씨가 돌아가신 날입니다. 선생님이 태어났을 때 료조 씨가 얼마나 기뻐했는지, 얼마나 선생님을 사랑스러워했는지 모릅니다. 물론 선생님은 그때 한 살이어서 아버지의 얼굴조차 기억나지 않으시겠지만, 료조 씨는 아들인 당신을 너무나 사랑했습니다. 그리고 아들을 지키겠다는 마음 하나로 당신의 행복한 미래를 바라며 기꺼이 목숨을 내놓으셨습니다."

마사후미는 친아버지에 대한 이야기를 거의 듣지 못하고 컸다. 그때까지 아버지로 알고 있던 사람은 전쟁이 끝난 뒤 어머니가 재혼한 상대였다. 새아버지에게도 아들이 한 명 있었기 때문에 마사후미는 아버지가 다른 남동생이랑 어머니가 재혼 후 낳은 여동생과 함께 자랐다. 철이 들 무렵, 어머니로부터 가족에 대한 이야기를 들었는데 어린 마음에도 친아버지 이야기는 하면 안 될 것 같아서 일절 물어보지 않았다.

물론 친아버지 성함이 '료조'라는 것과 전쟁터에서 돌아가셨다는 사실 정도는 알고 있었지만 그 이상의 내용은 알 수 없었다. 아마 어머니조차 남편의 기일을 정확히 모르기 때문이었을 것이다. 전쟁에서 살아 돌아온 사람이 없었기에 친아버지와 관련한 정보는 완전히 묻혀버렸다.

"그 말이… 사실이오? 아버지가… 오늘 돌아가셨다는 게?"

"네, 오전 6시 12분. 그러니까 조금 전 선생님이 이 택시에 타신 그 시간…입니다. 당시 전쟁터에 있던 사람이라면 누구나 그랬지만 열흘 이상씩 아무것도 먹지 못한 상태에서 공격을 감행했습니다. 총알마저 다 떨어져서 결국 무기라고 부를 만한 건 소총구 앞에 달린 구부러진 칼뿐이었어요. 돌멩이를 무기로 삼은 병사도 있었죠. 그런 상태에서 죽을힘을 다해 싸웠습니다.

돌아가시기 전날인 7월 6일, 유난히 아름다운 노을을 볼 수 있었어요. 그때 병사 하나가 료조 씨에게 말했습니다. '마지막으로 아카후쿠(赤福) 모찌가 먹고 싶네요'라고. 그분은 이세 출신인데 어릴 때부터 아카후쿠 모찌를 정말 좋아했대요. 삶의 마지막 순간에 그 황홀한 맛을 누군가에게 꼭 전하고 싶었나 봅니다. 이야기를 들은 료조 씨는 소바를 떠올렸습니다. 고향에 있는 소바집 맛이 일품이라고. 물이 맑은 곳이라 다른 어느 지역의 소바보다 더 맛이 있다고.

듣고 있던 병사가 '마지막으로 그 소바가 먹고 싶으신 거군요'라고 말하자 료조 씨는 고개를 저으며 대답했습니다. '내게는 갓 태어난 아들이 있어. 그 녀석이 대신 소바를 먹어줄 거니까 괜찮아. 그 애가 마음 편히 소바를 맛볼 수 있는 세상을 위해 내가 내일 떠나는 거지.' 이렇게 말하면서 료조 씨는 환하게 웃었습니다."

"…."

마사후미는 입이 벌어진 줄도 모른 채 운전사의 이야기에 빠져들었고, 깜빡임마저 잊은 두 눈에서는 뜨거운 눈물이 흘러내렸다.

"더 자세한 이야기를 듣고 싶으신가요?"

그제야 정신이 돌아온 듯 당황하며 마사후미가 대답했다.

"아아…. 그래요. 좀 더 들려주세요."

그러고는 좌석에서 몸을 일으키듯 다가서서 운전사의 얼굴을 바라봤다.

"그럼 일단 식당으로 들어가시죠. 소바를 먹으면서 말씀드릴게요."

눈물을 훔치며 마사후미는 차에서 내렸다.

마사후미는 눈앞에 차려진 소바를 찬찬히 훑었다. 대나무로 엮은 자루 위에 올려놓은 새하얀 소바는 금방 헹궈 나온 것을 알 수 있을 만큼 촉촉하고 윤기가 흘렀다.

"갑자기 배가 고파오네."

마사후미가 어릴 때 늘 입에 달고 살았던 말이 무의식중에 튀어나왔다. 너희들 배 안 곯게 하려고 참 열심히 살았다고 하시던 어머니의 음성도 떠올랐다. 하지만 중학교를 졸업할 즈음에는 배가 고프다는 생각을 할 일이 없었다. 언제든지 배부르게 먹을 수 있는 생활이 당연해졌기 때문이다. 그런데 자신의 친아버지는 가난과 고난 속에서 눈을 감았다. 죽어가면서도 유일한 소망은 아들을 지키고 싶다는 것이었다.

마사후미는 지금까지 살아오면서 먹는 것으로 고생한 적이 한 번도 없던 이유가, 아버지 료조의 소망 덕분일지 모른다는 생각을 난생처음으로 떠올렸다.

"오카다 씨. 맛있을 때 얼른 드시죠."

운전사가 마사후미에게 젓가락을 건네며 말했다.

"아아, 그럽시다."

소바에서 눈을 떼지 못한 채 젓가락을 받아든 마사후미는 양손을 얼굴 앞에 모으고 묵념하듯 천천히 머리를 끄덕였다.

"잘 먹겠습니다."

소바를 집은 젓가락 끝이 흔들린다. 떨리는 손을 간신히 추스르면서 면을 쯔유 소스에 담그려는 순간 다시 눈물이 쏟아지더니 아예 멈추지를 않았다.

"안 되겠어요, 잠시만…."

마사후미는 젓가락을 내려놓고 손으로 얼굴을 감쌌다. 운전사가 손수건을 건넸다.

"괜찮으세요?"

"미안합니다. 이것이 아버지가 나에게 그토록 먹이고 싶어 했던 소바라는 생각에 그만…."

"네, 맞아요. 이 식당은 오래전부터 있었어요. 료조 씨도 여기 소바를 무척 좋아하셨답니다."

"나는 지금까지 먹고 싶은 걸 마음대로 먹으며 살아왔기 때문에 그게 당연하다고 생각했습니다. 그런데 아버지는…. 나야말로 이 소바를 아버지께 대접해야 했는데…."

마사후미는 더 이상 말을 이을 수 없을 정도로 목이 메어 왔다.

"그 마음, 이해합니다. 그러니까 더욱 맛있게 드셔야죠."

마사후미는 대답 대신 연거푸 고개를 끄덕였다. 코를 한 번 훌쩍이고 나서 다시 젓가락을 집어들었다. 여전히 손이 떨렸지만 이번에는 면을 더 많이 집어서 쯔유에 찍은 다음 호로록 들이마셨다. 마사후미는 입을 오물거리면서 연신 고개를 끄덕였다. 눈물이 계속해서 흘러내렸다. 간신히 소바를 씹어 넘겨놓고도 계속 고개를 끄덕였다.

"…."

운전사는 더는 말을 걸지 않고 서둘러 식사를 마쳤다. 그런 다음 "차에서 기다리고 있겠습니다" 하며 자리에서 일어났다. 마사후미는 미소로 운전사를 배웅했다.

마사후미가 식당 밖으로 나온 것은 그로부터 한 시간쯤 지나서였다. 자기 안에서 되살아난 아버지와 행복한 대화를 나눴으리라. 눈두덩은 빨갛게 부어올랐지만 표정은 한층 밝아져 응어리가 풀린 것 같은 개운한 얼굴로 택시에 올라탔다.

운전사는 말없이 강가를 따라 올라왔던 산길을 거꾸로 내려갔다. 마사후미도 입을 꾹 다물고 있었다. 운전사는 이번에도 목적지가 어디인지 알고 있는 모양이다. 마사후미는 자신을 어디로 데리고 가는지 몰랐지만 굳이 산으로 가달라고 말하지 않았다. 잠시 달리다가 마사후미가 운전사에게 말을 걸었다.

"운전사 양반, 혹시 오늘 내가 산으로 가려고 한 이유를 알고 있소?"

"네. 나쁜 생각을 하고 계셨죠."

마사후미가 웃었다.

"역시 당신은 전부 알고 있군요. 그 짓을 못 하게 하려고 오늘 내 앞에 나타난 거요?"

"아닙니다. 못 하게 하려는 건 아니고요, 그냥 제가 해야 할 일이 오늘 오카다 씨를 소바집에 모시고 가는 거라서…."

"그런 거요? 어쨌든 고맙게 됐소. 덕분에 마음을 고쳐먹었소. 나도 모르게 사치스러운 생활에 젖어서 살아가는 힘이라고 해야 하나 생명력이라고 해야 하나 어쨌든 그런 힘을 잃고 살았던 거지."

"…."

운전사는 대답 대신 룸미러 너머로 미소를 보냈다. 그리고 마사후미는 자기 이야기를 시작했다.

"내 인생은 불과 얼마 전까지만 해도 순풍에 돛 단 배였소. 전쟁이 끝나니 가난했던 어린 시절이 거짓말처럼 사라지고 가게는 문전성시였죠. 물려받은 가게 동네에 나중에 상점가가 생기고 운 좋게도 아케이드 한복판, 그것도 가장 좋은 자리에 내 가게가 생긴 겁니다. 손을 놓고 있어도 저절로 돈이 굴러들어 오는 느낌이랄까. 배를 곯는다는 건 상상도 할 수 없을 만큼 부유한 생활이 이어졌죠. 밤이면 술집을 돌고 휴일에는 다른 가게 사장들과 골프 삼매경에 빠지고.

돈 회전이 좋았던 시절이라서 은행도 척척 돈을 잘 빌려주더군요. 그 돈으로 가게 리모델링을 했더니 매출이 더 오르기 시작하는데…. 정말이지 미래에 대한 걱정은 하나도 없었습니다. 어릴 때를 생각하면 우리는 참 운 좋은 시대에 태어난 거죠. 그러다 보니 이런 생활을 당연히 여기게 됐어요.

그러나 최근 1, 2년 사이에 분위기가 확 바뀌었소. 상점가에서 점점 사람들이 사라지더니 나이 때문에 가게를 접는 사람들도 속속 나타나더군요. 다른 가게가 새로 들어오면 좋겠지만 집과 가게가 붙어 있다 보니 그렇게도 안 되고. 그토록 북적이던 거리에서 순식간에 활기가 사라져 버리더라니까. 이러다가 큰일 나겠네 싶은 생각이 들었을 때는 이미 손쓸 수 없는 상황이었습니다. 손님들은 대형 쇼핑몰로 몰려갔고 별의별 짓을 해도 시대 흐름을 되돌릴 수 없었죠. 그때 나는 왜 나만 이렇게 운이 나쁠까 생각하면서 세상을 원망했습니다.

그런데 오늘 소바를 먹고 혼자 앉아 있으니 이런 마음이 들더군요. 어쩌면 가게가 잘돼서 돈 세느라 바빴던 시절은 내 운이 좋아서가 아니라 다른 누군가가 사용하지 않고 적립해 둔 운을 내가 대신 누린 게 아니었을까 하고 말이죠. 내 아버지는 태어나서 눈을 감는 순간까지 내가 누렸던 운 좋은 삶을 경험하지 못했을 텐데. 물론 아버지뿐 아니라 그 시대를 살았던 분들은 모두 그랬을 거요. 그분들이 후손을 위해 모아둔 운을 우리가 사용한 거죠. 그리고 어쩌면 이제껏 모아둔 운을 얼추 다 썼을지 모른다는 느낌이 들었소.

당신이 오늘 내 앞에 나타난 것도 그래요. 내가 해온 것들이 아니라 아버지가 이뤄놓은 것들 덕분이겠죠. 맞아. 앞으로도 나는 아버지가 모아두신 운을 사용하면서 행복을 누리겠지. …내 말이 틀렸소?"

마사후미는 긴 말을 마치고 거울 속 운전사를 바라봤다. 운전사는 빙그레 웃기만 할 뿐 별다른 대답을 하지 않았다.

"그러고 보니 이런 식으로 죽으면 안 되겠는데? 조상님들이 모아둔 운을 다 써버리기만 하고 갈 뻔했네. 앞으로 내가 얼마나 더 살지는 모르겠지만 다음 세대를 위해서 운을 모아둘 방법을 찾아야겠소. 소바를 보니 아버지가 그렇게 말씀하고 있다는 생각이 들었거든요."

"그러셨군요…."

운전사의 말과 동시에 택시가 멈춰 섰다.

"자, 도착했습니다. 여기가 오늘 선생님이 와야 할 장소입니다."

마사후미는 창밖을 내다봤다. 눈앞에 있는 철물점은 한 번도 본 적이 없는 가게였다. 미터기 숫자는 '71,450'을 가리키고 있었다.

"뭐 좀 물어봐도 되겠소?" 마사후미가 말했다.

"네, 그럼요…."

"당신은 내 택시 요금을 이미 받았다고 했잖소?"

"네, 그랬죠."

"물론 그 돈은 내가 낸 것이 아니지만. 아마 정확하게는 몰라도 돈을 냈다기보다 누군가가 쌓아둔 거겠지. 우리 아버지처럼 말이오. 혹시 이런 거 아닐까요?"

마사후미는 지갑에서 본인 가게의 포인트카드를 꺼내 운전사에게 보여줬다.

"우리 가게에서 적립만 하고 사용하지 않은 사람들의 포인트카드요. 택시 요금은 내가 적립하진 않았지만 이런 식으로 쓰고 있는 게 아닙니까?"

운전사는 여전히 빙그레 미소만 띠고 있었다.

"그 미터기에 표시된 나머지 '71,450' 말인데, 내가 누군가에게 양보할 수도 있습니까?"

"더 이상 사용하지 않겠다는 말씀이세요?"

"그래요. 누군가 모아준 운을 쓰기만 하는 건 아닌 것 같아서 오늘부터 나도 운을 적립하며 살고 싶소."

"알겠습니다. 그럼 남은 포인트는 다음 세대의 누군가를 위해 사용하겠습니다."

"아, 그렇게 해주겠소? 정말 고맙습니다."

마사후미는 운전사에게 손을 내밀었다. 악수를 권하는 모양이었다. 운전사는 그 손을 잡았다. 마사후미가 아쉬운 듯 손을 놓자 운전사가 뒷좌석 문을 열었다. 택시를 내리려다 말고 마사후미는 무언가 생각난 듯 돌아봤다.

"한 가지만 더 물어봅시다. 운은 어떻게 해야 모을 수 있는 거요?"

그것이 마사후미의 마지막 질문이었다.

실제는 있지만, 절대로 없는 것

행운로
30
일방통행
TAXI

운전사의 이야기가 너무 충격적이라 슈이치는 할 말을 잃었다. 할아버지는 슈이치를 정말 예뻐해주셨다. 늘 어린 슈이치의 편이었고 무슨 짓을 해도 웃는 얼굴로 지켜봐주셨다. 할아버지가 돌아가신 것은 슈이치가 중학교 1학년 때로, 성함은 카즈노리였다. 피로 이어지지는 않았다고 해도 슈이치 마음속에서는 그분이 영원한 할아버지였다.

"슈이치의 진짜 친할아버지는 따로 계시단다. 네 아버지가 한 살 때 전쟁에 나가셨다가 돌아가셨지"라고 할머니로부터 들은 적이 있다. 사진으로도 한 번 보긴 했지만 슈이치에게 할아버지라는 존재는 카즈노리뿐이었다. 그래서 친할아버지의 존재에 대해 깊이 생각해보지 않았다. 자신을 사랑해주는 카즈노리 할아버지에게 미안한 생각이 들어 친할아버지가 있다는 사실을 인정하지 않았는지도 모른다.

피로 엮인 친할아버지의 성함이 료조라는 사실도 지금에서야 처음 알게 됐다. 그런데 그 할아버지가 급작스럽게 슈이치의 머릿속에서 형체와 인격을 가진 존재로 떠올랐다. 무엇 하나 제대로 누려보지 못한 채 자식의 미래와 행복을 믿으며 목숨을 던진 한 남자의, 노을에 비친 웃는 얼굴이 떠올랐다.

그 순간, 45년이 넘는 긴 세월 동안 단 한 번도 친할아버지를 생각해본 적이 없었다는 죄책감 같은 통증이 명치를 파고들었다.

"료조 씨 인생은 처참함 그 자체였어요. 태어나면서부터 세상을 떠나는 순간까지 줄곧 말이죠. 시대가 그랬으니까 어쩔 수 없다고 할 수도 있지만, 그런 현실 속에서도 료조 씨는 늘 긍정적이고 밝았어요. 물론 언제 죽을지 모르는 불안한 나날의 전쟁터에서 마냥 웃을 수는 없었겠죠. 하지만 마지막인 걸 깨달은 그날 밤, 료조 씨는 웃고 있었습니다. 요즘 사람들의 가치관으로 보면 운이 지지리도 없는 채로 스물여섯 해의 짧은 생을 마쳤습니다. 그러나 그분들이 모아둔 운 덕분에 우리가 이렇게 누리며 살아갈 수 있었죠."

슈이치는 가슴 깊이 신음을 토해내며 팔짱을 낀 채로 운전사의 이야기를 들었다. 할아버지라고 하면 막연히 나이 지긋한 노인이 떠오르는데, 그 할아버지가 지금의 자신보다 훨씬 어린 청년이었다는 말에 기분이 묘해졌다.

"제가 실제로는 있지만 절대로 없다고 했던 말의 의미를 아시겠습니까? 오카다 씨의 할아버지처럼 누군가를 위해 인생을 걸면서도 언제나 희망과 웃음을 잃지 않은 분들의 이야기입니다. 그들은 정작 본인의 운을 누리진 못했죠. 그래서 '실제로는 있었다'고 말한 거예요. 그럼에도 '절대로 없다'고 말한 것은 이제 그분들은 세상에 없지만 그분들이 모아둔 운의 은혜 덕분에 다음 세대들이 행복을 누려왔다는 뜻입니다. 선생님도 마찬가지고요."

운전사는 단숨에 긴 이야기를 풀어놓고 슈이치의 표정을 살폈다. 잠시 침묵이 흐르더니 슈이치가 입을 열었다.

"그러니까, 당신이 내 앞에 나타난 것은 아버지가 나를 위해 택시 미터기의 포인트를 남겨두셨기 때문이다…. 이 말을 하는 거요?"

"맞습니다."

운전사가 고개를 끄덕였다.

"그 역시도 내 할아버지가 목숨을 걸면서 모아둔 운이 아버지한테 전해졌고, 또 그게 나한테까지 왔다는 말을 지금 나

보고 믿으라는 겁니까?"

운전사는 고개를 가로저으며 말했다.

"노력의 결과가 언제 어느 곳에서 나타날지는 아무도 모릅니다. 이런 상상을 한번 해보세요. 딸인 유메카 양도 내년이면 수험생입니다. 지금은 학교도 가지 않고 집에서 스마트폰만 보며 살고 있지만 어떤 계기로 학교에 가고 공부도 열심히 하게 됐다고 가정해보세요."

"어떤 계기로요?"

"그거야 모르죠. 예를 들어서 하는 말이에요. 집에 있는 내내 공부만 할 정도로 변해버린 딸의 모습이 아버지인 오카다 씨조차 도무지 믿기지 않는 상황이라고 해보자고요. 딸의 그런 모습을 본다면 마음이 어떠실까요. 감동의 물결이 몰려오지 않겠어요? 그리고 오카다 씨도 더 열심히 살아야겠다는 생각이 들겠죠."

"그거야 그렇겠죠."

"그런데 정작 본인은 평소와 똑같이 일하면서 계약이 안 들어온다고 투덜거려요. 이 정도면 할 만큼 했다는 생각으로 집에 가려는데, 순간 죽기 살기로 공부하는 딸의 모습이 떠오르죠. '그래, 조금 더 힘을 내보자'라고 생각을 바꾸게 될 거예요. 그런 각오로 찾아간 곳에서 드디어 계약이 이뤄집니다! 딸의 노력이 계기가 돼 오카다 씨가 더 힘을 내면서 조금씩 오카다 씨 인생과 가족의 삶이 달라지기 시작해요.

오카다 씨 가족뿐이 아니죠. 유메카의 달라진 모습을 보고 자극받은 친구들도 정신을 차려 공부하거나 자기가 잘하는 것을 찾으려고 노력할 수 있잖아요. 그 부모들도 자식의 달라진 모습에 감동받아서 하루하루를 더욱 충실히 살아가려 노력할 거고요. 누군가가 노력하는 모습은 다른 이에게 행복을 가져다주는 힘이 있어요."

슈이치는 자기도 모르게 고개가 끄덕여졌다. 만약 유메카가 의욕이 없는 지금과는 달리 무언가에 열중해 노력한다면 자신 역시 그 모습을 보는 것만으로 에너지가 용솟음칠 것만 같았다.

"그런데 말입니다. 당사자인 유메카 양이 '노력 같은 건 아무짝에도 쓸모없어. 노력한다고 꼭 보상을 받는 것도 아니잖아' 이런 생각을 하고 있다면 어떨까요?"

"설마…."

"아니죠, 충분히 있을 수 있는 일이에요. 최근 2년 동안 공부에 손을 놔버렸잖아요. 어떤 계기로든 공부를 시작했는데 당장 기대하는 결과가 나오지 않는다면 회의가 들겠죠. 이렇게 노력해도 달라지지 않아. 따님이 이런 생각을 하게 된다면 어떠세요?"

"그럼 가르쳐줘야죠. 결코 그렇지 않다고. 네가 노력하는 모습을 보면서 아빠가 얼마나 용기를 받았는지, 우리 가족에게 어떤 일들이 일어났는지. 그러니까 노력해도 의미 없다는 생각은 버리고 할 수 있는 만큼 밀어붙이라고. 2년이라는 공백기를 메우려면 조금 더 시간이 필요할 거라고요."

운전사가 싱글벙글 웃었다.

"잘 알고 계시네요."

"뭘요?"

"노력은 반드시 보상받는다는 사실 말이에요. 지금 하신 말씀은 결국 유메카 양이 오카다 씨고, 오카다 씨가 마사후미 씨라는 거죠."

"당최 무슨 소리를 하는 건지."

"말 그대로예요. 오카다 씨가 수험생 때 열심히 공부하는 모습을 보면서 아버지인 마사후미 씨도 열심히 살겠다는 다짐을 했어요. 하지만 어느 순간부터 오카다 씨는 노력보다 실망과 회의가 커지게 됐죠. 그렇게 열심히 공부했는데 1지망 대학에 원서도 넣지 못하고, 그런 이유로 여자친구와도 헤어지게 됐고…. 그러니 부정적인 생각이 드는 것도 무리는 아니에요. 만약 아들이 그런 생각으로 좌절하고 있는 줄 알았다면 마사후미 씨 역시 오카다 씨가 유메카 양에게 해주려는 말을 그대로 해주지 않았을까요?"

"그런데 왜…."

"아들이 그런 마음이리라고는 생각지 못한 거죠. 알았다면 분명히 가르쳤을 겁니다. 네 노력 덕분에 나는 인생을 사는 용기를 얻었노라고. 아버지를 원망하지 마세요. 오카다 씨도 유메카 양이 그런 생각을 할 수 있다는 가능성을 짐작해본 적 없잖아요?"

"그거야…."

슈이치는 말문이 막혀버렸다.

"이 세상은 누군가가 노력하는 모습을 통해 얻은 에너지의 집합체라고 할 수 있어요. 결과에서 얻은 에너지가 아니라 노력하는 모습 그 자체로요. 예를 들면 딸이 꿈을 위해 열심히 공부하는 모습을 보며 부모도 각자 처한 어려운 상황을 이겨낼 수 있는 에너지를 받죠. 삶의 원동력은 결과가 아니라 과정에서 얻는 거예요.

실제로 누군가가 노력하는 모습을 보며 자신을 다독이고 힘을 얻는 사람들이 많아요. 그런데 막상 자신의 일이 되면 아주 좁은 시야에 갇혀 스스로에게 가혹해지죠. 노력의 결과를 지켜보지 못하고 짧은 시간의 경험만을 기준으로 판단하는 바람에, '나는 역시 운이 없어. 노력해도 안 되잖아. 잘되는 사람은 따로 있는 거야' 이렇게 극단적인 결론을 내버려요. 노력의 결과나 보상이 빠르게 나타날 수도 있지만 시간이 많이 걸릴 수도 있다는 걸 이해해야 해요. 오래 걸리면 10년, 어쩌면 100년이 될 수도 있죠."

"그렇게나 오래 말입니까?"

"심지어 노력의 성과가 꼭 본인에게 돌아온다고 장담하지도 못해요. 내가 아닌 다른 사람에게 영향을 줄 수도 있고 한참 후에 나타나기도 하니까요. 그러다 보니 지금 당장 자기한테 좋은 일이 생기지 않으면 운이 나쁘네, 노력해도 소용없네 하며 실망하는 겁니다. 자신의 인생이 지금이라는 단편이 아니라 영원히 이어지는 생명 가운데 일부라는 사실을 인식해야 합니다."

"영원히 이어지는 생명 가운데 일부."

슈이치는 운전사가 한 말을 그대로 따라 했다.

"인간의 일생이 자신만의 스토리로 완결되는 것이라면, 살아 있는 동안 주어진 조건을 최대한 활용해서 자기 욕망을 채우는 게 멋진 인생일지도 몰라요. 하지만 인간의 일생은 이와 달리 영원히 이어지는 생명의 스토리 가운데 극히 일부분이에요. 실제로 오카다 씨의 생명도 할아버지와 아버지로부터 이어져왔고 따님인 유메카 양으로 이어지고 있어요. 그렇게 이어지는 것은 생명뿐이 아닙니다. 오카다 씨는 본인이 아닌 누군가가 만든 세상에서 태어나 자랐어요. 바로 아버지와 어머니, 또 그들의 아버지와 어머니처럼 더 먼저 살아간 사람들이죠.

배곯지 않고 내 힘으로 돈 벌어 살아가면서 좋은 세상에 태어났다는 생각을 해본 적 없으신가요? 지금처럼 무엇이든 할 수 있고, 무엇이든 다 있는 유복한 시대는 어느 한순간 불쑥 생겨난 게 아니에요. 수많은 피와 땀과 눈물 그리고 노력, 치열한 논쟁과 생명의 대가로 만들어진 세상입니다. 원래 있었던 것이 아니라 생명의 대가를 치르며 만들어진 세상이죠.

저마다 다른 시대에 태어난 사람들이 영원히 이어지는 생명 가운데 일부에서 성실하게 제 역할을 하면서 살아준 덕분에 다음 세대는 이전 세대보다 좋은 세상에서 자라날 수 있었죠. 오카다 씨도 지금 그 바통을 이어받아서 살고 있는 거고요."

운전사의 말 하나하나가 마음에 박혀온다. 슈이치는 그 짧은 순간 지금껏 살아온 인생을 되돌아봤다. 어릴 때부터 부모와 선생님으로부터 줄곧 "너희는 정말 좋은 세상에 태어난 거야"라는 말을 들었다. 그러나 슈이치 자신에게 이 화려하고 멋진 세상이란 원래부터 있었던 것에 불과했다. 평화로운 시대, 포식의 시대에서 원하는 건 무엇이든 실현할 수 있다는 격려를 받으며 대학을 졸업하는 게 당연한 주인공들이었다. 물론 입시 전쟁도 불사해야 하는 시대가 되기는 했지만.

어른이 된 슈이치는 다른 사람은 몰라도 자기에게는 경기가 좋다거나 풍족한 세상이라고 느껴본 적이 없었다. 하루하루 행복한 미래를 위해 이리 뛰고 저리 뛰어봤지만, 안정적인 삶과는 거리가 먼 인생을 살면서 중년의 나이에 이르렀을 뿐이다. 자신을 포함해 주변에 있는 또래의 부모들은 오히려 요즘 아이들이 불쌍하다는 말을 입에 달고 살았다. 세상이 이렇게 변한 것이다.

그런데 오늘 운전사의 이야기를 들으면서 번쩍 정신이 들었다. 지금 이 순간에도 힘찬 울음소리와 함께 탯줄을 끊고 세상에 나온 새 생명들이 있다. 그 아이들은 아무것도 모른 채 사회에 참여해 살아갈 것이다. 그들이 살아갈 사회는 누가 만들었을까.

'그래, 바로 우리들이야.'

슈이치는 확신했다. 지금껏 정치하는 놈들이 권력을 가지고 사회를 좌지우지하며 국민을 바보로 만들었다거나 강대

국의 압력에 짓눌려서 사회가 요 모양 요 꼴이라며 오직 다른 사람들을 욕하기 바빴다. 그런데 그 사회를 내가 만들었다면…. 내 아이는 물론이고 지금 태어난 아이들에게 미안한 마음이 들었다.

지금까지 미안한 마음이 들지 않았던 것은, 굳이 설명하자면 슈이치 자신이 태어나기 전의 세상을 생각해본 적이 없었기 때문이리라. 자기 이전의 세상을 모르는 사람은 태어나는 순간부터 인생의 목표가 정해져 있다. 최대한 많은 것을 거머쥐고, 최대한 행복해지고 싶어 한다. 그런 인생이 최고라고 배우며 한 치의 의심도 없이 앞만 보고 달린다. 그런데 나를 둘러싼 이 생이 영원히 이어지는 생명의 극히 일부임을 알게 되면, 이전 세대가 모아준 포인트를 사용한 덕분에 얻어낸 행복임을 알게 되면, 만세를 부르며 마냥 좋아라 할 수 있을까. 과연 자신에게 그 행복을 누릴 자격이 있을까…. 슈이치는 생각을 정리하면서 크게 한숨을 몰아쉬었다.

"다른 사람보다 더 많이 가지면 성공한 사람이고, 덜 가지면 실패한 사람이라고 확신했습니다. 그래서 어릴 때부터 내 목표는 성공, 오로지 그것뿐이었죠…. 한 번도 목표를 고쳐본 적이 없고, 단 한 번도 의심하지 않은 채 어서 빨리 다른 사람보다 더 많은 것을 가져야 한다는 일념뿐이었소. 하지만 그러면 안 되는 거였어. 당연히 누려야 할 권리라는 착각으로 내 행복만 추구하면 결국에는 포인트가 바닥나버리고 다음 세대의 아이들은 이런 세상에 태어나서 정말 딱하다는 소리를 들을 수밖에 없어. 그렇지 않소?"

"그럴까요?"

흔쾌히 동의할 줄 알았는데 운전사의 반응은 의외였다.

"내 말이 틀렸소?"

"뭐라고 했더라. 얼마 전…. 아니다, 벌써 15년 정도 지났네요. 어떤 손님이 가르쳐준 말이 있거든요. 뭐였더라…. 아, 그래, 그렇지. 플러스 사고! 플러스 사고를 하는 게 중요하지 않을까요?"

"플러스 사고요? 그건 무리지."

슈이치는 자조 섞인 웃음으로 대답했다.

"왜죠?"

"나한텐 너무 어려운 일입니다."

플러스 사고가 좋다는 것은 알고 있다. 긍정적인 마인드를 예찬하는 책과 방송이 이미 흔할 만큼 대중화돼 있지만 슈이치는 자신의 성향이 부정적인 마인드에 맞춰져 있다고 확신했다. 일단 어떤 생각이든 물꼬를 트면 걷잡을 수 없이 어두운 방향으로 흘러버리고 마지막에는 손가락 하나 까딱할 기력도 남지 않았다.

영업이라는 업무 특성상 낯선 사람을 만나 부딪쳐야 하는 상황이 많은데 대부분의 결말은 '그것 봐. 역시 나는 안 된다니까' 하는 식이었다. '어차피 안 될 텐데, 뭐'라고 했던 예상이 늘 딱 맞아떨어지니 슈이치로서도 별수 없었다. 의욕을 품고 열심히 해도 실망스러운 결과로 끝나버리는 경험이 계속 쌓이다 보면 저절로 마이너스 사고에 빠지게 된다.

"지금까지 마흔이 넘도록 내 뜻대로 되는 일이라고는 없었소. 플러스 사고를 하면 만사형통할 거라고 해도 당신 같으면 생각을 바꾸는 게 그리 쉽겠소? 설령 그게 사실이라고 쳐도 나한테는 안 통한다고요. 아무리 노력해도 그런 생각이 안 드는데 어떻게 하란 말입니까."

"당연해요. 애초에 플러스 사고라느니 마이너스 사고 같은 건 없으니까요."

"뭐라고요?"

슈이치는 깜짝 놀라 언성을 높였다.

"잘 생각해보세요. 인생에서 무엇이 플러스가 되고 무엇이 마이너스가 될지 그 당시에는 아무도 몰라요. 우리가 자주 쓰는 '살아간다'라는 말의 의미를 아시나요? 무슨 일이 일어났을 때 그것을 자신에게 필요한 경험으로 바꿔가는 것이 바로 살아간다는 말이에요. 따라서 무엇이든 플러스로 바꿀 수 있고 반대로 무엇이든 마이너스가 될 수 있어요. 자신에게 유리한 쪽으로만 상상하면서 그 일이 일어나기를 바라는 것은 플러스 사고라고 할 수 없어요. 진정한 플러스 사고란 살면서 무슨 일이 일어나든 나에게 필요해서 일어났다고 믿으며 긍정적인 경험으로 바꿔나가는 것이랍니다."

"앞으로 일어날 일이 아니라 이미 일어난 일을 긍정적인 경험으로 바꿔나가는 것이라…."

슈이치 머릿속에 며칠 전 벌어진 무더기 계약 해지 사건이 떠올랐다. 그럼 그 일도 내 인생에 필요해서 일어난 경험이라고 생각하라는 건가? 스스로에게 물었다. 그러나 이내 고개를 저었다. 도저히 그렇게 생각할 수가 없다. 당연하다. 이토록 고통스러운데 어떻게 잘된 일이라고 생각하라는 건지.

"역시 나는 안 돼. 못 해."

운전사는 빙그레 웃었다.

"이해합니다. 살다 보면 상상도 못한 실패나 뜻밖의 불행을 겪을 때 또는 도저히 손쓸 수 없는 피해나 자연재해를 당했을 때처럼 나에게 좋은 전환이 될 거라고 생각하며 웃어넘기기 어려운 일들이 많으니까요. 당연히 그 순간에는 플러스 사고를 하기 어렵죠. 하지만 제가 아까 말씀드리려던 건 일어난 일을 다른 의미로 해석해보자는 겁니다."

"어떻게 말이죠?"

"우리 각자의 인생은 영원히 이어지는 생명 가운데 일부라고 말씀드렸습니다. 그 안에 오카다 씨가 등장했을 때, 그러니까 선생님이 태어났을 때는 이미 그때까지 이어져온 많은 은혜가 있었을 거예요. 그렇죠?"

"그랬겠죠."

"사람은 길어봤자 100년 남짓한 삶을 살다가 떠나죠. 떠나는 순간에 처음 세상에 왔을 때보다 조금 더 많은 은혜를 남겨두고 사라지는 거예요. 다시 말하면, 선생님이 이 세상에 살았다는 것만으로 이미 플러스가 됐다…. 이것이야말로 진짜 플러스 사고라고 할 수 있지 않을까요?"

"사용한 운보다 더 많은 운을 모으라는 말입니까?"

"바로 그거예요. 진정한 플러스죠. 그것이 영원히 이어지는 스토리의 일부로서 현재를 살아가는 우리의 역할이라고 생각합니다."

"나의 역할…."

"오카다 씨, 아까 자책하는 말을 하셨는데 지나치게 금욕적으로 살 필요는 없는 것 같아요. 행복해지고 싶고 더 많이 갖고 싶은 욕망 자체는 나쁜 게 아니잖아요. 중요한 건 사용한 운보다 모아둔 운이 더 많으면 좋다는 사실이죠. 그럴 수 있다면 멋지게 나의 역할을 다했다고 말할 수 있고, 계산적으로 보더라도 인생에 플러스가 되니까요. 누구보다 운을 많이 적립했는데 그 운을 반 정도만 사용했다면 훨씬 남는 장사잖아요. 그야말로 참된 플러스 사고죠. 제 생각은 그렇습니다."

문득 슈이치의 뇌리에 와키야 사장이 사무실 벽에 걸어둔 액자의 한 구절이 번뜩이며 떠올랐다.

"아! 플러스 사고로 누구보다 먼저 웃자!"

"맞아요, 그거예요. 저 사람은 참 운이 좋네. 다들 입을 모아 말하는 사람이 있잖아요. 그런데 본인 입장에서 보면 사용한 운이 모아둔 운의 절반도 안 되는 거죠. 그렇게 살아보면 좋지 않을까요?"

슈이치는 답답했던 눈앞의 안개가 확 걷히는 느낌이 들며 온몸에 소름이 돋았다. 지금껏 알고 있던 플러스 사고와 전혀 다른 가치관이었다. 하지만 자신이 이번 생에서 사용한 운보다 자식을 위해 모아둔 운이 많아야 한다고 생각하는 게 플러스 사고라면 얼마든지 수용할 수 있을 것 같았다.

정말 그런 사람이 되고 싶다. 정말 그렇게 살고 싶다.

사실 현시대의 상식과는 너무나도 동떨어진 가치관이다. 손해와 이득이라는 관점에서 보면, 이번 생은 손해를 보며 살라는 말과 마찬가지이기 때문이다. 내가 한 것에 비해 얻는 것을 적게, 하지만 결국에는 더 많이 얻는 인생을 살라는 말이다.

그러나 이 낯설고 불합리해 보이는 가치관이 슈이치를 연신 매혹했다. 진정 그렇게 살고 싶다고 가슴 깊은 곳에서 외치고 있다. 이성이 아닌 감정이, 아니 영혼이라고 해야 맞는지 모르겠지만 그렇게 살라고 명하고 있다. 슈이치의 온몸에 돋아 있는 소름이 그 증거다.

"나는 솔직히 플러스 사고라는 말을 그다지 좋아하지 않았소. 이 말의 진짜 의미를 이해하지 못했기 때문이었는지도 모르지."

슈이치는 차근차근 말을 이어갔다.

"진짜 의미라는 말 자체가 모순일 수도 있죠. 말이란 사람마다 정의가 다르니까."

"그럴지도 모르죠."

슈이치는 평소보다 오랜 시간 택시에 타고 있다는 생각이 들어 미터기를 쳐다봤다. '39,330'이 됐다. 차창으로 바깥을 보고 있자니 낯익은 풍경이 펼쳐졌다. 마지막 목적지가 어디인지 슈이치는 알 것 같았다.

'그래, 여기가 마지막이야!'

슈이치는 운전사의 이야기를 들으면서 마음을 굳혔다. 운전사도 마사후미의 이야기를 할 때부터 그렇게 되리라는 것을 예상했을까, 슈이치와의 마지막 시간을 곱씹는 듯 입을 다문 채 운전을 계속했다.

마지막 수업

행운로
30
일방통행
TAXI

“저기요.”

슈이치는 창밖을 보면서 운전사에게 말을 걸었다.

“이제 곧 목적지에 도착할 것 같은데요.”

운전사가 빙그레 웃었다.

“잘 아시네요.”

“그래서 말인데 운전사 양반한테 부탁이 있소.”

“어떤 부탁이실지 대충 짐작은 갑니다만 그래도 한번 들어 보죠.”

예전 같으면 운전사의 이런 말투를 듣고 버럭 고함부터 질러댔을 것을 생각하니 슈이치는 자기도 모르게 웃음이 지어졌다.

"그건 그렇고 이제 나한테 더 이상 안 와도 되겠소. 그 대신 나머지 미터기 포인트는…."

'우리 딸아이한테'라고 말하려다가 그냥 삼켰다. '오지랖이지 뭐야, 누굴 태울 건지는 이 사람 마음인데.' 슈이치는 다시 말을 이었다.

"다음 세대를 위해 사용해줄 수 있겠소?"

운전사는 단번에 고개를 끄덕였다.

"잘 알겠습니다. 그럼 오카다 씨와는 오늘 만남이 마지막이네요."

그렇게 말하고 운전사는 미터기를 껐다. 마지막으로 본 숫자는 '38,640'이었다.

"어어, 이봐요. 왜 벌써 미터기를."

"괜찮습니다. 이 정도는 서비스해드릴게요."

"그래도 되나? 여하튼 고맙소. 마지막으로 운전사 양반한테 하나 물어보고 싶은 게 있는데 말이오. 사실 나는 아직도 자신이 없소."

슈이치는 조금 전과는 사뭇 다른 분위기로 부드럽게 이야기를 시작했다. 한참 어린 운전사에게 말을 하고 있다기보다 마치 슈이치 자신이 꼬마가 돼 어른에게 조언을 구하는 것만 같았다.

"나는 시합이든 내기든 한 번도 이겨본 적이 없습니다. 다른 사람보다 특별히 잘하는 재주도 없고. 내 나름으로 열심히 한다고는 했는데 어릴 때부터 지금까지 칭찬을 받아본 적이 거의 없단 말이죠. 그렇다고 해서 누구보다 노력을 많이 하는 스타일인가 하면 그런 근성도 그다지 없어요.

이 나이가 돼서 이런 말을 한다는 게 참 부끄럽지만, 지금 하고 있는 보험 영업 일도 적성에는 맞지 않습니다. 실적도 별로 없는 데다 어찌어찌해서 계약한 보험도 한 방에 백지가 돼버리고…. 이런 식으로는 지금 하는 일도 조만간 그만둬야 할 것 같은데, 그럼 앞으로 어떤 일을 해야 하나…. 고민해봐도 딱히 떠오르는 게 없지 뭐요. 아버지랍시고 중학생 딸한테 공부 열심히 하라며 잔소리를 하지만 아이 키우는 일도 영 자신이 없고….

학교에 나가기 싫다는 딸을 보고 있으니 살면서 이제까지 내가 해온 일들이 전부 틀렸다는 생각이 들지 뭐요. 지금이야 발등에 불이 떨어졌으니 뭐라도 해야 한다는 심정으로 아등바등 현실을 견디고 있지만, 솔직한 마음으로는 일에 자신감도 없고 금방이라도 무너져버릴 것만 같아서…. 나처럼 부족하게 생겨 먹은 사람도 무언가 역할을 제대로 해낼 수 있습니까?"

진심 어린 고백이었다. 지금까지 어느 누구에게도 솔직히 토로할 수 없었던 고민이지만 왠지 이 운전사라면 슈이치의 말을 잘 들어줄 것 같았다. 운전사는 만면에 미소를 띠며 대답했다.

"당연히 하실 수 있죠. 선생님만이 할 수 있는 중요한 역할이 있습니다. 지금까지도 해오셨고 앞으로도 해나가실 수 있습니다."

"그래요? 당신이 그렇다면 그런 거겠지. 하지만 도무지 자신감이 안 생기니 어쩌면 좋겠소?"

"우선 다른 사람과 삶을 비교하지 마세요. 오로지 선생님의 인생에만 집중하세요. 다른 사람은 자신의 인생을 살며 자기만의 역할을 다할 겁니다. 그러니까 상대가 많이 가진 듯 보여도, 잘나가는 것 같아도 아무 상관 없어요. 남과 비교하던 시간에 오카다 씨 자신의 인생을 눈 똑바로 뜨고 바라보세요. 그러면 얼마나 큰 은혜 속에 살고 있는지 알게 되실 겁니다. 제일 먼저 해야 할 일은 자신이 많은 것을 누리고 있다는 사실을 깨닫는 것. 여기에서 출발하세요. 인생에 감사함을 진실로 느끼게 되면 나만큼 행복한 사람도 없다고 생각하실 겁니다."

"내 인생을 똑바로 바라보고 감사함을 깨달아라…. 지금까지 당신과 대화하면서 들은 것들은 물론 머리로는 알겠소. 그렇지만 이걸 마음으로 온전히 받아들이기가 너무 어렵단 말이죠."

"회사에서 큰일을 겪은 지 얼마 되지 않아서 그래요. 무리도 아니죠."

"당신 정말, 남의 아픈 곳을 아주 잘 헤집는군."

"헤헤헤."

운전사가 장난꾸러기 같은 웃음을 지었다.

"오카다 씨, 오늘 아침에 뭐 드셨어요?"

"뜬금없이 무슨 소리를 하는 거요."

"일단 말씀해보세요. 뭐 드셨어요?"

"음, 보통 아침은 밥이랑 된장국이죠. 낫토도 먹었나? 그리고 계란이랑 소시지…."

"아침 식사를 준비하기 위해, 아니 멀리도 가지 말고 오늘 오카다 씨가 드신 아침 한 끼를 차리려면 온 우주가 다 동원돼야 한다는 사실을 아시나요?"

"온 우주가 동원된다니요?"

"너무 거창하게 들릴지 모르지만 사실입니다. 예를 들면 쌀은 어떻게 만들어지는지 아시죠?"

"논에 모종을 심어서 키워야죠."

"그렇죠. 쌀을 키워줄 논과 사람이 없으면 안 됩니다. 또한 농사는 사람이 짓는다고 해도, 트랙터 같은 기계가 없으면 온 세상 사람들이 풍족하게 먹을 만큼의 많은 쌀을 생산하지 못해요. 그런데 그 트랙터는 누군가가 기술을 개발하고 금형을 제작해야 합니다. 즉 이와 관련한 기술자들이 필요하게 되는 거죠.

거기에다가 트랙터의 재료인 철이나 구리, 알루미늄, 유리 원료인 석영에 이르기까지 각 재료들을 채굴하는 사람이 있어야 하고, 중국이나 오스트레일리아, 미국 등지에서 수입도 해야 하니까 수입 업무를 담당하는 사람과 운반하는 사람도 필요하겠죠.

외국에서 자원을 들여오려면 배도 필요하겠네요. 조선업도 관계가 되고요. 운송회사도 있어야 해요. 그뿐인가요, 어디. 트랙터나 배, 채굴용 중기계 등을 작동하려면 경유가 필요하잖아요. 경유는 중동 국가나 미국에서 나오니까 관련된 사람들이 또 필요하고요. 경유나 가솔린은 화석연료로 오래전 지구상에 살았던 생물이 원료가 되잖아요. 결국 지구상에 생물이 탄생하고 수십억 년 동안 이어져온 생명들이 연관돼 있어요.

이 밖에도 눈앞에 차려진 아침 한 상과 연관된 사람들을 열거하려면 끝이 없는데, 시간이 부족하니 이 정도만 하죠. 어쨌든 하나하나 따지고 거슬러 올라가면 밥 한 그릇에도 온 세상이 연결돼 있다는 걸 알 수 있습니다. 그런데 이 모든 자원과 인적 노력을 갖춰도 쌀은 만들지 못해요. 쌀은 태양이 없으면 자라지 않거든요. 보세요, 우주도 밥 한 그릇에 관여하잖아요. 또 태양만으로는 벼가 말라비틀어지니 물이 있어야 해요.

이렇게 물을 충분히 주고 태양 볕을 쬐게 해주면 벼가 자랄까요? 한 가지가 더 필요해요. 바로 이산화탄소죠. 이산화탄소는 동물의 호흡을 통해 만들어지기 때문에 우리들이 호흡하지 않으면 벼는 자랄 수 없어요. 물, 이산화탄소, 태양 에너지가 있어야 벼가 자라요. 즉 벼의 기본 재료는 탄소, 수소, 산소라는 이야기입니다. 이렇게 자란 벼를 인간이 먹음으로써 살아가는 에너지로 바꾸게 되니까 결국 이 재료들이야말로 인간을 만들고 활동하게 해주는 부품이죠. 그럼 그 부품은 어디에서 오는지 아세요?"

"글쎄요…."

슈이치가 대답할 수 있는 수준의 문제가 아니었다. 이야기가 너무 심오하고 장대해서 운전사가 하는 말을 따라가며 자기 나름으로 이해하는 것만도 버거웠다. 슈이치는 수업 중 예기치 않은 타이밍에 갑자기 질문을 받은 학생처럼 당황스러웠다.

"…지구에 있는 거… 아닌가."

"물론 지구에 있죠. 하지만 처음부터 존재했던 건 아닐 거예요. 분명히 다른 어딘가에서 왔을 겁니다. 태양처럼 스스로 빛을 내는 별인 항성이 자신의 생명을 다하는 순간에 초신성 폭발을 일으키고, 우주 전체로 흩어져 있던 것들이 다시 모여서 생겨난 거예요. 즉 우리 모두는 별에서 왔다고 할 수 있어요."

자신이 생각해도 단번에 알아듣기에는 너무 말이 많고 속도도 빨랐다는 것을 알아차린 듯 운전사는 잠시 호흡을 가다듬었다.

"단 한 끼 식사에도 온 우주가 필요하고 이 시대를 살고 있는 인류가 이어져 있는 겁니다. 이 사실만 알면 오늘 하루를 살아가는 데 얼마나 많은 은혜를 누리고 있는지 깨닫게 되지 않을까요? 우리는 식사를 할 때 너무나 당연하게 먹고 마십니다. 사소해 보이는 그것조차 은혜라고 느끼지 못하는 사람이라면 삶에 대해 다른 어떤 은혜를 느낄 수 있을까요. 아무리 크고 좋은 걸 얻어도 가장 중요한 가치는 깨닫지 못할 겁니다."

택시는 마지막 커브를 돌고 있었다. 이제 200미터 남짓이면 슈이치의 본가에 도착한다.

“자, 나머지는 오카다 씨가 스스로 한번 생각해보세요. 인생에 감사함을 진실로 느낄 수 있게 된다면, 틀림없이 자신감이 생기고 자기 역할에 대해서도 확고한 믿음을 가지게 될 거예요.”

이윽고 택시가 멈추고 뒷좌석 문이 열렸다. 슈이치는 고개를 돌려 자신을 바라보고 있는 운전사를 아무 말 없이 응시했다. 무슨 말이라도 꺼내야 할 것 같은데 도무지 할 이야기가 떠오르지 않았다. 얼마나 그렇게 있었을까. 결국 슈이치는 작은 동작으로 고개를 몇 번 끄덕이고는 웃는 얼굴로 입을 열었다.

“운전사 양반…. 너라느니 반말을 하고 화도 내고, 무례하게 굴어서 정말 미안했습니다.”

운전사는 고개를 가로저었다.

“아닙니다, 괜찮아요.”

슈이치가 손을 내밀었다.

“정말 고마웠소. 당신은 보통의 택시 운전사가 아니라 내 인생을 바꿔준 운전자(運転者)요.”

“그것 참 정말 듣기 좋은 말이네요. 앞으로 이름을 그렇게 바꿀까요."

운전사는 슈이치가 내민 손을 맞잡으면서 웃음으로 화답했다.

"아, 그렇지!"

무언가 생각난 듯 운전사가 조수석을 뒤적이더니 슈이치에게 작은 봉투 꾸러미를 내밀었다.

"이거, 가져가세요."

"뭡니까?"

"별거 아닙니다."

슈이치는 봉투를 받아들고 그 자리에서 열어봤다. 5센티미터 정도의 민물고기 '블랙배스' 피규어였다. 입을 크게 벌린 채 몸은 U자로 굽어 있다. 낚싯바늘이 입에 걸린 것이 지금 갓 잡아 올린 느낌이었다.

"열쇠고리입니다. 저희 택시 승차 기념품이에요. 유용하게 쓰시길 바랍니다."

슈이치는 웃음을 터뜨렸다.

"보통 이런 건 작고 귀여운 택시 모양으로 많이들 하던데. 뭐요, 이 물고기는. 나는 낚시도 안 하는데."

운전사도 따라 피식 웃었다.

"아이, 그러지 마시고요."

"알았어요. 주는 거니 받아야지. 매사에 흥미를 가지라고 했으니까."

그렇게 말을 마치고 슈이치는 택시에서 내렸다.

뒤를 돌아보니 운전사는 이별의 서운함 같은 것은 조금도 없다는 듯 서둘러 뒷좌석 문을 닫았다. 택시가 달리기 시작하자 운전사는 왼손을 들어 창문 밖으로 슈이치에게 작별의 인사를 건넸다. 순간 표정은 보이지 않으니 확인할 수 없지만 문득 손을 흔드는 운전사의 모습이 아버지와 똑 닮은 듯 느껴졌다.

"아버지…?"

하지만 이미 택시는 달려나갔고 운전석에 있는 사람의 얼굴을 확인할 길은 없었다. 사라져가는 택시를 바라보며 슈이치는 방금까지 함께 있던 택시 운전사를 마치 꿈속에서 봤던 것만 같은 착각이 들었다. 그러나 이 모든 게 꿈이 아니라 현실이라는 사실을 확인시켜주듯 손안에는 블랙배스 피규어가 들어 있었다. 피규어를 내려다본 슈이치는 그것을 꽉 움켜쥐었다. 그러고 바지 주머니에 피규어를 넣은 뒤 현관 앞으로 걸어가 인터폰을 눌렀다.

"네, 누구세요?"

귀에 익은 어머니의 목소리가 들려왔다. 갑자기 집에 찾아온 아들을 보고 놀라시리라. 슈이치 자신도 오늘 여기에 올 예정이 없었는데 왜 지금 이 자리에 와 있는 걸까 생각에 잠겼다.

제2의 인생

행운로
30
일방통행
TAXI

타미코는 슈이치가 온 것을 확인하고는 깜짝 놀라며 당연한 말을 했다.

"오면 온다고 연락을 좀 주지."

갑자기 찾아온 아들 때문에 난처한 듯 말했지만 표정은 마냥 행복해 보인다. 그도 그럴 것이 남편을 떠나보내고 혼자 산 지 아직 반년도 지나지 않았다. 여전히 낯선 외로움으로 적적했을 터였다.

"네, 죄송해요."

"밥은 먹었어?"

"아니요, 아직 안 먹었어요."

제일 먼저 아들의 끼니를 확인하는 모습이 영락없는 어머니다. 그제야 슈이치도 집에 돌아왔다는 실감이 났다.

“네가 올 줄 몰라서 아무것도 없는데. 금방 준비할 테니 좀 기다릴 수 있지?”

“네, 천천히 하세요.”

“그런데 웬일이니, 갑자기?”

복도를 걸어가는 타미코의 뒷모습은 슈이치가 기억하고 있던 어머니의 모습보다 훨씬 작게 느껴졌다.

“아, 일 때문에 근처에 오게 돼서요. 그냥 갈까 하다가 들러 봤죠. 그런데 지난번에 무슨 할 얘기가 있다고 하셨잖아요.”

“아아, 그거.”

말끝을 흐린 타미코는 서둘러 주방으로 들어가 냉장고를 열었다. 슈이치는 주방 옆 식탁 대신 거실 소파에 앉았다. 슈이치가 집에 살 때부터 있었던 소파는 이제 탄력도 거의 없어져 앉자마자 푹 꺼졌다. 거기 앉아 바라보는 집 안 풍경은 20여 년 전과 거의 변함이 없었다.

주방을 쳐다보니 타미코가 프라이팬에 불을 붙이려 하고 있었다. 어머니를 떠올리면 언제나 집안일을 척척 해내는 이미지였는데, 지금 눈앞에 있는 어머니는 손동작도 굼뜨고 행동이 느려 마치 슬로모션 동영상을 보고 있는 것 같았다. 어머니에게 찾아온 세월의 무게이리라.

“제가 할까요?”

슈이치가 물었다.

“아니야. 매일 하는 일인데, 뭐. 앉아서 쉬고 있어.”

타미코는 들뜬 음성으로 말했다. 할 일이 없어진 슈이치는 TV라도 볼까 했지만 그럴 기분이 아니라 그만뒀다. 방 안을 빙 둘러보며 어머니의 일상을 느껴보다가 문득 무언가 생각난 듯 소파에서 일어났다.

“저기, 있잖아요, 어머니. 25년 전쯤 제가 대학교 다닐 때 말이에요. 아버지가 갑자기 등산 간 적 없어요?”

타미코가 깜짝 놀라며 식사 준비하던 손을 멈추고 슈이치를 쳐다봤다.

“있었어. 그런데 네가 어떻게 그걸 알고 있니?”

“그래요? 그건 그렇고, 혹시 그날 아버지가 갑자기 무언가를 사 갖고 오셨나요?”

타미코는 칼질을 하고 있는 자신의 손을 바라보면서 빙그레 웃었다.

“사 왔지.”

“뭐였어요?”

“안방 아버지 서랍장 위에 있다.”

슈이치는 안방으로 향했다. 여섯 칸짜리 다다미방에는 서랍장 두 개와 어머니의 새 침대가 전부였는데, 큼지막한 가구 세 개만으로도 상당한 압박감이 느껴졌다. 예전에는 두 분이 요와 이불을 깔고 잤지만 매일 이불을 펴고 개기도 힘들뿐더러 어머니 혼자 지내게 되면서 침대를 새로 들인 듯했다.

슈이치는 관음상 문양의 문이 달린 서랍장 위를 쳐다봤다. 자주색 보자기에 싸인 큼직한 물건이 삐죽 나와 있다. 슈이치는 까치발로 그것을 천천히 내렸다. 양손으로 받치고 내려야 할 만큼 널찍한 판자 위에 도구 몇 개가 올려져 있었다. 슈이치는 물건을 그대로 들고 나와 주방 식탁 위에 놓았다.

“마침 어제 깨끗이 닦아놨는데. 그냥 내버려두면 곰팡이가 생길 수 있거든.” 타미코가 말했다.

어머니의 말을 듣고 보니 보자기 위로 먼지 한 톨 안 보인다. 슈이치는 천천히 보자기 매듭을 풀었다.

‘아아, 역시….’ 슈이치는 마음속으로 외쳤다.

보자기 안에서 나온 것은 소바면을 뽑는 도구였다. 하나같이 세월의 흔적을 고스란히 안고 있었다.

“네 아버지가 어느 날 갑자기 한 20년 만이었던 것 같은데, 산에 갔다 올게 하면서 나가더니 금방 돌아왔어. 그런데 그 물건을 안고 온 거야.”

아버지가 들고 왔다던 요리 도구들은 몇 대째 이어오며 새로 사기도 하고 바꾸기도 하면서 세트를 맞춘 듯했다.

"아버지와 소바라, 도저히 상상이 안 되네요."

"그렇지? 하지만 꽤 잘하시더라. 그날부터 하루도 빠짐없이 소바 반죽이랑 면 뽑는 연습을 했거든. 나는 이제 네 아버지를 생각하면 소바가 떠오른다니까?"

"우와, 골프 이후로 새로운 취미를 찾으셨군요."

"왜 갑자기 소바에 빠졌는지는 모르지만 참 열심이었어."

타미코가 영문을 모른다고 하는 것을 보니, 마사후미는 할아버지에 대한 이야기를 하지 않은 모양이다. 운전사로부터 자신의 진짜 할아버지 료조의 이야기를 들은 슈이치는, 그때 먹었던 소바를 만들고 싶어 했을 마사후미의 마음이 절절히 느껴졌다. 아버지가 그토록 자신에게 먹여주고 싶어 했던 맛있는 소바를 본인 손으로 만들고 싶었으리라. 물론 아버지에게 대접할 수는 없는 허망한 꿈일지언정 내 손으로 만들 수 있다고 자랑하고 싶었을 것이다.

"가게 매출도 점점 떨어지고 골프장도 더 이상 못 가니까 새로운 취미를 찾았나 생각했지. 그런데 그게 아니더구나."

"무슨 말씀이세요?"

"취미 수준이 아니라 실제로 소바 장인이 되려고 했어, 네 아버지."

"장인요?"

"그래. 아버지는 이대로 상점가 한가운데서 팬시숍을 고집하고 있어봤자 아무 소용이 없다는 것을 깨달은 거야. 그래서 소바집을 하기로 결심한 것 같더구나."

"소바집을요?"

"그것도 보통 소바집이 아니라 진짜 맛있는 소바집 말이야. 아버지가 만든 소바를 시식하는 건 내 몫이었어. 그때마다 '어때? 일본 최고의 맛이야?' 하며 물어봤지. 내가 '일본 최고인지 어떤지는 모르겠지만 정말 맛있네요' 하고 대답하면 '일본 최고가 아니면 안 돼. 정말 맛있는 소바집은 산속에 있든 변두리에 있든 전국에서 손님들이 찾아오게 돼 있다니까' 하고 말했어."

"일본 최고의 소바집…."

타미코가 행복한 듯 웃었다.

"그런데 말이다, 그냥 하는 소리가 아니라 네 아버지가 뽑은 소바는 무척 맛있었단다. 처음에는 너무 부드럽기도 했다가 너무 질기기도 했다가 어떤 날은 또 끈기가 없어서 뚝뚝 끊기기도 했다가 만들 때마다 맛이 달라졌는데, 5년 정도 지나니까 웬만한 가게보다 더 맛있는 거야. 10년쯤 지나니 어느 소바집을 가서 먹어도 아버지 소바보다 맛있는 건 찾아볼 수 없겠더라. 정말 일본 최고의 소바가 아니었을까?"

"잠깐만요, 아버지가 소바 연습을 10년이나 하셨다고요?"

"10년 정도가 아니지. 돌아가실 때까지 하셨으니까 거의 25년…?"

슈이치는 너무 놀랐다. 그토록 진심으로 소바에 몰두했다는 것도 놀랍지만, 가장 놀라웠던 것은 25년이나 계속 만들었던 소바를 아들인 자신은 전혀 몰랐다는 사실이었다.

"그렇게 맛있는 소바를 만들 수 있게 되셨는데 왜 소바집을 안 하셨어요?"

"아버지도 10년쯤 되니 자기가 만든 소바가 어디에 내놔도 뒤지지 않는다는 자신감이 생긴 모양이더라. 그래서 가게를 낼 장소도 찾아보고 은행에 대출을 받으러도 가보고 여러 노력을 했는데 안 됐나 봐. 시기적으로 좀 별로였어. 우리 가게를 정리한 지 얼마 안 된 때였거든. 그때 이미 아버지 나이가 예순을 넘었잖니. 나이 든 사람이 새로 가게를 시작한다고 하니까 은행에서 돈을 안 빌려주는 거야. 은행 사람들이 자기가 만든 소바를 먹어보지도 않고 안 된다고 한다며 얼마나 화를 내시던지."

"그랬군요…."

"그래서 내가 슈이치랑 같이 해보면 어떠냐고 했어. 실제로 은행에서도 아들이랑 같이 가게를 한다고 하면 돈을 빌려주기도 했으니까. 그런데….”

“그런데요?”

슈이치가 몸을 바짝 당겨 앉았다.

“‘그놈 인생은 그놈 거야. 내 일에 아들을 끌어들일 수는 없어. 슈이치한테는 말도 꺼내지 마.’ 이러시더구나. 하긴 네가 막 결혼했을 때니까 부담을 주고 싶지 않으셨겠지. 그래서 결국 아버지는 대출받는 걸 포기했어. 그런데도 소바 만드는 일은 멈추지 않으시더구나.”

“가게 오픈을 포기했는데도요?”

“네가 언젠가 집으로 돌아와서 사업을 하고 싶다거나 하면 ‘소바집이라면 내가 도와주마’라고 말하고 싶었던 거지. 아버지는 네가 자기와 달리 대학에서 경영학을 공부하기도 했고 졸업 후에는 영업을 계속했으니까 경영자가 될 거라고 생각했어. 자신은 그럴 수 없지만 기술자라도 돼서 네게 도움이 되고 싶었던 것 같더라고.”

“그럴 수가….”

슈이치는 마음속으로 울부짖었다.

“속마음을 드러내질 않는 양반이니, 참. 하지만 네 인생을 속박하고 싶지 않은 아버지 나름의 애정 표현이었지. 그리고 혹시 네가 힘든 일이 생기면 의지할 수 있는 사람이 되고 싶어 했던 것도 아버지로서의 애정이고. 그래서 그랬는지 소바집을 오픈할 수 없게 됐는데도 그다지 실망하지 않으시더구나. 늘 그랬던 것처럼 열심히 소바를 반죽하고 면을 뽑으면서 기술 연마에 열중했어."

아마도 아버지는 운이 계속 쌓인다는 생각으로 버텼을 것이다.

타미코는 말을 이었다.

"그런데 돌아가시기 얼마 전부터 마음이 조금 변한 것 같긴 했어. 네가 보험회사에 취직하면서 바빠졌잖니. 집에도 잘 못 오고 가끔 통화를 하면 여유 없이 안절부절못하는 듯하다고 느끼셨던 모양이야. 힘든 고비를 겪고 있다고 걱정하셨지. 그래서 어느 날인가는 '슈이치한테 내가 만든 소바를 한번 먹여볼까' 이런 말씀도 하시더구나."

"그래서 그러셨구나…."

슈이치는 아버지가 돌아가시기 얼마 전부터 통화를 할 때마다 "언제쯤 집에 들를 수 있겠냐"라고 물었던 것을 떠올렸다. 아버지답지 않게 왜 자꾸 그런 말씀을 하시나, 연세가 드셔서 약해지셨구나, 이렇게만 생각했는데 완전히 반대였던 것이다. 힘들어 보이는 아들을 어떻게든 돕고 싶다는 생각으로 매번 물어보셨던 것을….

슈이치는 손때 묻은 소바 도구를 물끄러미 바라봤다. 코끝이 찡해지면서 뜨거워졌다. 마사후미는 아버지가 아들에게 먹여보고 싶다고 했던 그 소바를 먹을 수 있었다. 그리고 거기에서부터 새로운 인생을 시작했다. 그런데 슈이치는 아버지가 자신에게 먹이고 싶어 한 소바를 먹어보지도 못하고 떠나보내고 말았다. 더할 수 없는 불효를 저질렀다는 죄책감이 몰려왔다.

"뭐 결국, 아무짝에도 쓸모없이 고생만 했지."

타미코의 말에 슈이치는 고개를 저었다.

"쓸모없는 고생이란 없어요. 어머니."

타미코는 눈을 동그랗게 뜨고 아들을 쳐다봤다. 슈이치는 양손을 식탁 위에 올린 채 아버지의 정성과 사랑이 깃든 소바 도구를 바라봤다.

"하긴 네 아버지도 그렇게 말씀하시더구나."

"그러셨군요…. 맞아요."

슈이치는 깊이 공감하며 연거푸 고개를 끄덕였다. 그리고 치밀어 오르는 눈물을 간신히 삼키면서 타미코에게 말했다.

"어머니, 이거 제가 가지고 가도 되죠?"

타미코는 웃으며 고개를 끄덕였다.

"그래, 가져가거라. 여기 두니 아버지가 곁에 있는 것 같아서 좋았다만, 네가 가지고 가면 아버지가 더 좋아하시겠지."

슈이치는 소바 도구를 다시 보자기에 쌌다.

"일단 저 방에 둘게요."

그렇게 말하고 등을 돌리는 순간 참았던 눈물이 왈칵 쏟아졌다. 복도를 걷는데 지금이라도 안방 문을 열고 아버지가 나오실 것만 같았다. 슈이치는 마음속으로 몇 번이고 아버지에게 죄송하다며 빌었다. 그때마다 눈물이 계속 흘러내렸다.

타미코도 주방에 서서 울먹이고 있었다.

다음 날, 아침 일찍 슈이치는 본가를 나섰다.

전날 저녁 식사를 하면서 "그런데 어머니가 하시려던 말씀은 뭐예요?"라고 물었더니 어머니는 "벌써 다 했다"라고 말하며 웃었다. 아들이 오면 방금 들려준 마사후미와 소바 이야기를 하려던 참이었다고 했다.

"슈이치 네가 아버지 등산 이야기랑 집에 오는 길에 이런 걸 가지고 왔다는 사실을 알고 있으리라고는 상상도 못 했구나. 정말 깜짝 놀랐지 뭐니."

타미코는 같은 이야기를 하고 또 했다.

전철을 타고 나고야까지 나왔을 때는 벌써 8시 반이 넘은 시간이었다. 슈이치는 와키야 사장에게 전화를 걸어, 지금 나고야에 있으며 오늘 지각하겠다는 말을 전하고 신칸센으로 갈아탔다.

와키야는 "나고야 특산품 같은 거나 하나 사다줘요"라는 부탁 외에는 별다른 말이 없었다. 전화를 했을 때 이미 신칸센 개찰구를 통과한 후였기 때문에 슈이치는 서둘러 대합실 안에 있는 선물 코너로 들어갔다. 무엇을 사야 할까 고민하며 판매대로 향했는데 그 앞에 서는 순간 사야 할 품목은 정해져 있었다.

열차 안은 거의 만석으로 슈이치는 3인석의 가운데 자리인 B석을 예매했다. 그런데 막상 자리로 가보니 옆 창가 쪽 여성 승객이 안고 있던 아이가 음료를 쏟은 듯 좌석이 흥건하게 젖어 있었다.

"죄송해요. 제 자리에 앉으세요."

여성 승객이 당황하며 아이를 안고 일어서려 하자 슈이치가 손으로 제지하며 말했다.

"아니에요, 그냥 앉으세요. 제가 승무원한테 말해서 다른 좌석으로 바꿀게요."

8호차 부근에서 승무원을 만나 상황을 설명하자 다른 칸으로 안내해줬다.

"지정석은 만석이니까 이쪽을 이용해주세요."

슈이치는 살짝 쓴웃음을 지었다. 운을 사용했나 싶은 생각이 들었던 것이다. 그 순간 자신도 모르게 택시 운전사의 가치관에 젖어버린 듯해서 기분이 이상해졌다. 옆자리에서 노트북으로 일하고 있는 비즈니스맨 차림의 남성에게 "실례합니다"라고 인사를 한 뒤 자리에 앉았다.

"보험이란 상호부조(相互扶助) 정신을 바탕으로 한 상품입니다. 다시 말해서 유사시에 서로 돕는 사람들의 모임 같은 거죠."

"아하. 내가 만들고 싶은 회사의 이상과 똑같은데요?"

"예를 들면 백 명의 사람이 매월 돈을 각출해서 모아놓습니다. 백 명 모두에게 어려운 일이 생겼을 때 이 돈을 사용할 권리가 있습니다. 다만 어려운 일이라는 것에 대한 기준이 사람마다 다르면 안 되니까 각각의 구체적인 상황에 사용할 수 있다고 정해놓습니다. 이게 보험의 기본 원리입니다.

그래서 중도 해지를 하면 무조건 손해라는 인상이 강하지만 사람들이 흔히 말하듯 '돈으로 안심을 산다'라고 생각하면 됩니다. 보험이 원래 미래의 자신을 위해 저축을 한다기보다 지금 어려움에 처한 사람을 위해 도움을 준다는 성격을 갖고 있기 때문입니다. 그런 원리로 본인도 도움을 받을 수 있고요. 물론 제 개인적인 해석이지만요."

슈이치는 옆에 앉은 야마모토에게 열심히 보험 이야기를 하고 있다.

만남이란 참 알다가도 모를 일이다. 옆자리의 야마모토는 나고야를 중심으로 여덟 개나 되는 음식점을 운영하는데, 경영자 세미나에 참석하려고 요코하마로 향하던 중에 우연히 슈이치를 만나 나란히 앉아 가게 됐다. 물론 그것만으로 갑자기 보험 얘기가 나오고 계약이 성사되거나 할 리는 없지만, 야마모토가 갑자기 안절부절못하는 표정으로 슈이치에게 말을 걸면서 대화가 이뤄진 것이다. 처음에는 야마모토가 화장실에 가고 싶어서 그러는 거라고 생각했다. "비켜드릴까요" 하며 슈이치가 말을 건넸지만 그는 고개를 가로젓더니 슈이치 가방에 달린 블랙배스 피규어를 가리켰다.

"그거 어떻게 구하신 겁니까?"

야마모토가 말하기를, 이 피규어는 상당히 진귀한 것으로 마니아들 사이에서는 전설과 같은 아이템이라고 했다. 슈이치는 대수롭지 않게 가방에서 피규어를 떼어 야마모토에게 건넸다.

"드릴까요?"

애초에 별로 흥미가 없던 물건이었다. 아마도 이 우연한 만남을 위해 운전사가 준 운이 좋아지는 아이템이었나 보다. 이것이 대화의 시작이었다.

슈이치가 생명보험 영업을 하고 있다고 했더니 야마모토는 흥미를 보이며 설명해달라고 했다. 아무래도 가게가 잘되니까 투자를 하고 싶은 모양이었다.

"절세 대책으로 보험을 들어볼까 생각 중이었어요."

슈이치는 콕 집어서 자기 회사의 상품을 소개한다기보다 보험에 관한 일반적인 내용을 알려줬다.

"그렇군요. 만기소멸형 보험은 나중에 본인에게는 아무런 혜택이 없지만 안심을 살 수 있다는 게 더 중요하네요. 그 돈으로 같은 보험에 가입한 사람들과 자신을 돕는 거니까요."

"그렇죠."

"멋진 이야기예요. 그러니 보험회사도 돈을 버는 거겠죠."

슈이치는 살짝 미소를 지으며 고개를 끄덕였다.

"물론 서로 돕는다는 구조 안에는 보험회사 영업사원도 들어 있겠죠. 계약 이후 1년은 우리도 일정 비율을 월급으로 받고 그 돈으로 살아가니까요. 하지만 그것도 처음 1년뿐입니다. 2년째부터는 거의 수당이 없어요."

"그렇군요."

"그래서 만약 선생님이 보험을 든다면 이 사람을 돕고 싶다는 마음이 생길 만큼 신뢰할 수 있는 사람을 찾아서 상담하시기 바랍니다."

"네? 오카다 씨한테 들지 말고요?"

"저 말입니까?"

"네. 지금까지 여러 보험 영업자들과 상담했지만 오카다 씨뿐이었어요, 만기소멸형 보험이 타인과 자신의 안심을 사는 보험이라고 가르쳐준 사람은요. 나는 그런 사람에게 보험을 부탁하고 싶어요."

슈이치는 쓴웃음을 지었다.

"저는… 아무래도 이 일과 적성이 맞지 않는 것 같아서 회사를 옮길까 생각하고 있습니다."

"아, 그래요?"

슈이치가 고개를 끄덕였다.

"그럼 이 피규어를 받은 인사를 어떻게 할까요?"

슈이치가 웃으며 말했다.

"장난감 하나 받은 인사로 보험을 가입하신다고요? 야마모토 씨, 그건 아닌 것 같아요. 말씀드렸다시피 좀 더 신중하게 생각해보세요."

"아니에요. 원래 보험을 들려고 마음먹고 있었거든요. 어차피 가입할 거라면 오카다 씨한테 계약하고 싶은데요."

야마모토는 머리를 긁적이며 말했다.

"만약 야마모토 씨가 진심으로 보험을 고려하고 계신다면 제가 확실히 믿는 영업사원을 한 명 소개해드릴게요. 그분한테 계약하신다면 정말 감사하겠습니다."

"오카다 씨, 진짜 괜찮겠어요?"

"네. 하지만 가입할지 말지에 대해 신중하게 고민해보시길 바랍니다. 그리고 가입하고 나면 절대로 포기하지 마세요. 동료를 돕는 팀의 일원이 됐다는 마음으로요…."

슈이치는 야마모토와 명함을 교환했다.

"그럼 오카다 씨는 앞으로 어떤 일을 할지 결정한 건가요?"

슈이치가 멋쩍은 표정으로, 열차 선반에 올려둔 자주색 보자기를 가리키며 대답했다.

"될지 안 될지는 모르지만 소바 장인이 되고 싶습니다."

"아하. 벌써 무언가를 준비하고 있군요?"

"아니요, 이제부터 해보려고요."

야마모토는 감탄스럽다는 표정을 지었다. 사람이 너무 감탄하거나 놀랐을 때는 말이 나오지 않는 법이다. 그런데 정작 그 말에 가장 놀란 사람은 슈이치 자신이었다. 갑자기 나온 말이 '소바 장인이 되고 싶다'였기 때문이다. 자신도 왜 그 말이 튀어나왔는지 모른다. 하지만 자연스럽게 말을 했다는 것은 그만큼 진심으로 원하고 있기 때문이라고 생각했다.

야마모토는 요코하마에서 내렸다. 슈이치는 창밖으로 도쿄 시내의 빌딩 숲을 멍하니 바라봤다. 정말 신기하면서도 불가사의한 며칠이었다. 그간 일어난 일을 하나씩 떠올리기에도 시간이 꽤 걸릴 정도였다. 다만 이 며칠이 자신의 인생을 바꿔준 귀한 수업 시간이었던 것만은 분명했다.

택시 운전사의 얼굴을 떠올려보려고 했지만 어째서인지 잘 기억이 나지 않았다. 지금 생각하면 아버지의 젊었을 적 얼굴을 닮은 것 같기도 하고 전혀 다른 사람 같기도 하다. 신비로운 택시 운전사와 이런저런 이야기를 나누고 이곳저곳을 다닌 유일한 증거였던 블랙배스 피규어도 이제는 손에 없다. 정말 그 열쇠고리가 자기 손에 있었는지조차 장담할 수 없다.

하지만 이 모든 것이 꿈이 아닌 현실이었음을 확인할 수 있는 유일한 증거는 아직 남아 있다. 야마모토의 명함이다. 이조차도 언젠가는 과거로 묻히겠지만.

새로운 출발

행운로
30
일방통행
TAXI

슈이치가 사무실에 도착한 시간은 오전 11시쯤이었다. 와키야 사장은 화가 나 있기는커녕 슈이치의 보고를 기다리는 모습이었다. 슈이치는 와키야의 책상 앞으로 갔다. 예전 같으면 잔뜩 긴장이 됐을 텐데 이상하게도 아무렇지 않았다.

"늦어서 죄송합니다. 이거, 드셔보세요."

슈이치는 와키야에게 아카후쿠 모찌를 건넸다. 이세 지역 명물이지만 나고야역에서도 인기를 끄는 상품이었다.

"오! 아카후쿠 모찌네요. 어릴 때부터 정말 많이 먹었는데."

와키야는 반가운 표정으로 모찌를 받아서 책상 위에 올려놓고는 다시 슈이치를 쳐다봤다. 왜 나고야까지 갔는지 보고하라는 뜻이리라.

"사실은 이번 사이도학원 선생님들의 해약 사태 때문에 어떻게든 만회를 좀 해볼까 하는 마음으로 본가 쪽에 영업을 하러 갔습니다."

"오카다 씨 본가가 혹시…."

"기후현입니다…."

"아아, 그랬지."

"나고야에서 여덟 개의 점포를 운영하고 있는 야마모토 씨라는 분이 보험에 관심을 보여 상담하고 오는 길입니다."

"계약은요?"

"그게 워낙 관심이 있어 계약할 것 같기는 한데 제 힘으로는 역부족일 것 같아서요. 괜히 민폐를 끼치면 안 되니까 믿을 만한 사람을 소개해드리겠다고 했습니다. '와키야라는 분이 나중에 연락드리도록 하겠습니다' 하고 사장님 성함을 알려드렸습니다."

와키야는 잠시 슈이치의 표정을 살피듯 물끄러미 쳐다보더니, "알았어요" 하면서 손을 내밀었다. 슈이치는 그의 손에 야마모토의 명함을 건네주고 자리를 떠났다.

집으로 돌아온 슈이치를 보고 유코는 깜짝 놀랐다.

"뭐야, 그게?"

"아, 이거? 나중에 설명할게."

"혹시… 소바 뽑는 도구야?"

자주색 보자기를 받아든 유코가 눈앞의 물건을 관찰하듯 유심히 훑어보며 말했다.

"응, 맞아."

슈이치는 짤막하게 대답하고 신발을 벗은 다음 바로 침실로 들어갔다. 유코의 눈에는 그렇게 생각해서 그런지 모르지만 오늘따라 슈이치의 마음이 유독 선명하게 읽혔다.

"무슨 좋은 일이라도 있는 것 같은데."

유코의 예상은 그날 저녁 식사 후 슈이치의 한마디로 싱겁게 빗나가버렸다. 식사가 끝난 뒤 유메카는 평소처럼 자기 방으로 곧장 들어갔다.

유코가 설거지를 끝내자 슈이치는 보자기를 침실에서 가지고 나와서 안에 들어 있는 물건을 보여줬다.

"소바 뽑는 도구라는 건 아까 들어서 알고 있고. 왜 가지고 나왔어요? 딱 봐도 새 물건은 아닌 것 같은데."

슈이치는 고개를 끄덕였다.

"아버지의 유품 같은 거라고나 할까."

"아버님? 소바 만드는 취미가 있으셨구나."

유코는 내심 감탄하면서 그 도구를 물끄러미 바라봤다. 도구 하나하나에 스며들어 있는 세월과 애정이 고스란히 전해졌다.

"그 전에, 당신한테 사과해야 할 일이 있어."

"뭔데?"

유코는 미간을 찌푸리며 몸을 움츠렸다. 그러고는 손에 들고 있던 소바 도구를 테이블 위에 내려놓고 의자를 끌어다 앉았다.

"사실은 일주일 전에 대량으로 보험이 해약됐어. 한 스무 건 정도."

이 말을 들은 유코는 그날 일을 떠올렸다. 열 달쯤 전인가 우연히 찾아간 학원에서 선생님들이 무더기로 보험을 계약했다며 집에서 축배를 들었던 일이 엊그제 같았다.

"어떻게든 메꿔보려고 안간힘을 썼는데 결국 안 됐어. 그래서 이번 달 월급은 아마 평소의 반도 안 될 거야."

"그럼 어떡해…." 유코는 그렇게 말하지 않았다. 그 대신 "뭐, 하는 수 없지. 무슨 일이든 양지도 있고 음지도 있는 법이니까…" 하고 대답했다.

슈이치가 보험 일을 하는 이상 그런 일은 언제든지 일어날 수 있다고 생각하기도 했고, 남편이 해결할 수 있는 일이라면 진작 어떻게든 했을 거라는 믿음도 있었다.

유코의 침착한 반응에 슈이치는 깜짝 놀랐다. 사실 유코가 그렇게 큰일을 왜 지금까지 말도 안 했냐면서 고래고래 고함치는 상황을 각오했었다. 소리는 치지 않더라도 싸늘한 표정으로 한숨지으며 투덜거리는 모습도 상상했다.

어쩌면 유코는 사태의 심각성을 제대로 이해하지 못했는지도 모른다. 슈이치는 마음을 굳게 먹고 모든 것을 털어놓기로 했다.

"그렇게 말해주니까 고맙기는 한데 1년 이내에 해지된 계약에 대해서는 그동안 받았던 보험료를 돌려줘야 하거든. 아마 다음 보너스에서 제할 만큼 제하고 부족한 부분은 환수하게 될 수도 있어. 그러니까… 다음 보너스도 없고 그다음에도 없을 거야. 예약한 파리 여행도 취소할 수밖에 없고. 이대로 가면 생활비도 부족할 테고 유메카 진학용으로 모아둔 돈도 써야 할지 몰라. 지금까지는 유메카한테 가고 싶은 학교에 가라고 했지만, 아마 이제는 조금 힘들어질 것 같다고 솔직하게 말해야 할지도 모르겠어."

유코는 스스로를 이해시키려는 듯 고개를 끄덕이며 가만히 이야기를 듣고 있었다. 슈이치는 그 모습을 보며 점점 고개가 아래로 향했다.

"미안해, 여보."

유코는 웃으며 말했다.

"오히려 잘됐네."

"뭐?"

슈이치는 놀란 표정으로 유코를 쳐다봤다. 슈이치가 알고 있는 평소의 유코라면 분명 이런 일에 언짢은 잔소리를 끝없이 늘어놨어야 했다. 그런데 눈앞에 있는 유코는 전혀 그럴 기미가 보이지 않았다.

"오히려 잘됐다고?"

슈이치는 조심조심 되물었다.

"응. 앞으로 어떻게 될지는 모르지만 유메카가 자기 미래를 고민해볼 기회가 될 수도 있고, 여행도 지금은 갈 때가 아닌 거지. 언젠가는 차라리 잘됐다고 생각할 날이 올 거야."

"그럴까…. 그러면 다행이지만. 그런데 또 한 가지 해야 할 말이 있어."

"뭔데?"

"보험회사를 그만두려고 해. 이번 일을 계기로 영업이 나한테 맞지 않는다는 것을 알았거든."

"그래서 이걸…."

유코는 식탁 위에 있는 소바 뽑는 도구를 내려다봤다. 슈이치는 고개를 가로저었다.

"소바집은 언젠가는 꼭 이루고 싶은 꿈이야. 하지만 지금은 아니고, 일본 최고의 맛을 자랑하는 소바를 뽑게 되면 말이야. 아직은 소바 반죽도 안 해봤으니까 뭐라고 장담할 수 없지만 이제부터 몇 년이 걸리든 맛있는 소바를 만들 수 있을 때까지 열심히 해보려고. 당신이 '정말 최고의 소바야. 이제 가게를 내도 되겠어!'라고 말해주면 그때 시작할 거야."

"내가?"

"그래, 유코 당신이. 이 정도면 되겠다고 확신할 때까지는 가게를 내지 않아."

유코는 웃었다.

"그럼 그때까지 뭐 하려고?"

"아직 정해진 건 없지만 낮에는 소바를 배울 수 있는 가게를 찾아다니고 밤에 돈을 벌 수 있는 일을 알아봐야지."

"괜찮겠어? 건강이 따라줄지 걱정이네."

슈이치는 빙그레 웃었다.

"괜찮지, 그럼. 인생의 목표가 생겼는데."

슈이치는 그제야 비로소 인생에서 도달하고 싶은 목표 지점이 생겼음을 깨달았다. 여전히 현실은 힘겹고 벅차다. 앞으로는 많이 힘들어질 것이다. 하지만 가슴속에서 피어오르는 희망이 있는 한 미래는 밝으리라.

"알았어. 그때까지 나도 당신을 도울게."

"미안해. 당분간은 지금보다 더…."

"알고 있다니까. 나도 일할 곳을 찾아보든가 해야지."

유코의 따스한 응원과 각오에 약간 놀라면서도, 슈이치는 진심으로 아내에게 고마움을 담아 머리를 숙였다.

"그건 그렇고 왜 소바를 선택한 거야? 아버님의 유품이라는 말은 또 뭐고?"

"아, 그게 말이야…."

슈이치 자신도 어디서부터 이야기를 시작해야 좋을지 혼란스러웠다. 그 기묘한 운전사에 대해 들려주면 과연 아내가 믿어줄까.

"믿을지 모르겠지만 좀 신기한 사람을 만나서 어머니 집 근처로 영업을 갔거든."

모호한 표현이었으나 이 정도로만 설명하기로 했다. 그리고 그날 밤, 슈이치는 사직서를 썼다.

금요일인 다음 날, 슈이치는 회사에 나가지 않았다. 이 달은 실적을 마감하는 마지막 날이 토요일이라 하루 전인 금요일에 미리 마감이 되고 급여도 정해진다. 결국 슈이치는 스무 건의 보험 해지를 한 건도 되돌리지 못한 채 마감을 맞이했다. 그래서 금요일에 연차를 냈다. 갑작스러운 연차 신청에도 와키야는 별다른 말 없이 허락해줬다. 슈이치가 회사를 그만두기로 마음 굳힌 것을 알아차렸는지도 모른다.

월급날은 돌아오는 목요일이다. 슈이치는 월요일부터 수요일까지 아버지의 도구로 소바를 만들어보기로 했다. 막상 뚜껑을 열어보니 도저히 소바라고 할 수 없는 요상한 음식이 만들어졌다. 최고의 소바집이라는 꿈을 향해 달려갈 앞길이 생각보다 험난할 것 같다는 예감에 잠시 우울했지만 이내 자신을 격려했다.

"이제 막 시작한 건데, 뭐…."

돌아온 목요일, 월급날에는 한 달에 한 번 전 직원이 참여하는 회의가 있다. 이 회의가 끝나면 한 명씩 급여명세서를 받는다. 슈이치는 명세서를 받으며 와키야에게 말했다.

"사장님, 드릴 말씀이 있는데 시간 좀 내주시겠습니까?"

와키야는 예상하고 있었다는 듯 고개를 끄덕이며 답했다.

"나도 할 이야기가 있어요. 전화 한 통 하고 15분 후에 회의실에서 볼까요?"

슈이치는 머리를 숙였다.

책상으로 돌아온 슈이치는 봉투를 열어 급여명세서를 확인했다. 평소 같으면 월급이 올랐든 줄었든 명세서를 확인하는 순간에 긴장감으로 심박 수가 올라가는데, 오늘은 왠지 마음이 편안했다. 와키야는 약속대로 15분 후에 나타났다. 먼저 회의실에 앉아 있던 슈이치는 일어나 와키야를 맞았다.

"죄송합니다. 바쁘실 텐데."

와키야는 웃는 얼굴로 손을 가볍게 흔들며 괜찮다는 신호를 보냈다.

"할 이야기가 뭐죠?"

와키야가 의자에 앉으며 말했다. 슈이치도 따라서 자리에 앉은 다음 양복 주머니에서 사직서를 꺼내 테이블 위에 올려놨다.

"실은, 회사를 그만두려고 합니다."

와키야는 표정 변화 없이 봉투를 쳐다봤다. 슈이치는 와키야가 무슨 말이라도 할까 싶어서 잠시 이야기를 끊었는데 아무 말이 없자 다시 이야기를 이어나갔다.

"이유는 사직서에 적혀 있으니 나중에 읽어보시면 될 것 같습니다."

어색한 침묵이 흘렀지만 여전히 와키야는 아무 말 없이 슈이치가 내민 사직서를 쳐다볼 뿐이었다. 슈이치의 결정을 이미 알고 있었다는 분위기였다. 초유의 대량 해지 사태가 벌어졌으니 사장 입장에서 슈이치가 회사를 그만두리라는 것쯤은 상상하고도 남았다. 와키야는 봉투로 향했던 시선을 들어 슈이치를 바라봤다. 생각보다 표정이 온화한 것이 마치 미소를 띠고 있는 듯 보이기도 했다.

"더 할 말 있어요?"

"지금까지 무척 감사했습니다. 결국 회사나 사장님께 아무런 도움도 못 됐네요. 사장님께 많은 것을 배웠습니다. 처음에는 사실 불평도 많이 하고 짜증도 났지만 요 며칠 동안 비로소 사장님이 하신 말씀의 의미를 이해하고 곱씹어보게 됐습니다. 폐만 끼치고 가는 것 같아서 정말 죄송합니다."

"그래요? 구체적으로 어떤?"

"예를 들면 사장님이 자주 말씀하셨던 '플러스 사고로 누구보다 먼저 웃자'라는 이야기 말입니다. 저는 그게 너무 어려웠거든요. 그 말을 들을 때마다 속으로는 긍정적으로 생각하는 게 그리 쉽나, 하면서 솔직히 반감이 들었습니다. 순수하게 받아들이지 못했죠. 그런데 최근 어떤 계기를 통해 진정한 플러스 사고가 무엇인지 알게 됐습니다. 플러스 사고 자체가 어려웠던 것이 아니라 나 자신이 순수하지 않았다는 사실을 깨달았죠."

"오카다 씨가 생각하는 진정한 플러스 사고란 뭔가요?"

"제가 알게 된 진정한 플러스 사고란 자신의 인생을 통해 운을 적립하고, 나 자신이 태어났을 때보다…."

그 순간, 슈이치는 머리에 전기가 통하는 것 같은 충격을 느꼈다. 그리고 지금까지 겪은 일들이 또렷하게 스쳐 지나가기 시작했다. 말도 안 되는 상상이었지만, 너무나 강력한 설득력을 가진 예감이 자신을 파고들었다. 심장이 쿵쾅거렸다.

"왜 그래요? 자신이 태어났을 때보다… 그다음은 뭐죠?"

"아무것도 아닙니다. 그보다 한 가지 여쭤봐도 될까요?"

"뭔가요?"

"지난주에 제가 아카후쿠 모찌를 선물로 드렸을 때 어릴 때부터 좋아했다고 하셨잖아요."

"네."

"사장님 고향이 어디십니까?"

"이세인데요."

슈이치는 말문이 막혔다.

"갑자기 고향은 왜요?"

"아뇨, 저기, 혹시나 해서 그러는데요. 좀 생뚱맞은 질문을 하고 싶어서요."

"뭔데 그래요?"

"사장님 할아버지께서는 어떤 분이셨나요?"

"제 할아버지요?"

와키야는 정말 뜬금없는 질문이라는 듯 난처한 표정을 지었다.

"할아버지는 저희 아버지가 태어나자마자 전쟁에 나갔다가 돌아가셔서 잘 몰라요."

"혹시… 75년 전…"

와키야는 깜짝 놀라며 슈이치를 쳐다봤다.

"아니, 어떻게 그걸?"

"제 할아버지도 그곳에서 돌아가셨어요."

"그래요?"

와키야는 팔짱을 끼고 생각에 잠겼다. 이번에는 와키야의 안색이 점점 변하는 것을 슈이치가 바라봤다. 잠시 후, 와키야는 의자에서 벌떡 일어나 슈이치에게 쓰러질 듯 다가갔다. 순간 슈이치가 몸을 뒤로 젖히며 물러섰다.

"하나만 물어볼게요."

"아, 네…."

"오카다 씨, 이 일 그만두고… 혹시 소바집을 차릴 생각인가요?"

"…."

슈이치는 너무 놀라서 입이 다물어지지 않았다.

"네…. 그런데, 어떻게 그걸?"

와키야는 손으로 턱을 감싼 채 허둥지둥 방 안을 오가며 생각에 잠겼다가 이내 다시 냉정한 표정으로 의자에 기대앉으며 말했다.

"아니, 그냥 그런 생각이 들어서요. 그럼 이번에는 내가 이야기를 좀 해도 될까요?"

"아…. 네."

"오늘 받은 급여명세서 확인해봤어요?"

"참, 안 그래도 말씀드리려고 했어요. 이번 달 급여는 해지건이 많아서 엄청 줄었을 거라고 예상했는데 오히려 더 늘었더군요. 뭔가 착오가 있었나 해서…."

슈이치는 당연히 줄었어야 할 급여가 줄지 않았다는 사실을 솔직하게 말했다.

"아니요. 착오는 없어요."

"무슨 말씀이세요?"

슈이치는 의아하다는 듯 물었다.

"지난주 목요일에 나한테 준 야마모토 씨 명함 말이에요. 그 명함에 적힌 번호로 전화를 했더니 다행히 주말까지는 도쿄에 계신다고 해서 만나고 왔어요."

"그러셨어요?"

"그분 말씀을 들어보니까 오카다 씨가 본인이 역부족이라고 했다면서요. 무슨 그런 말도 안 되는 소리를. 오카다 씨한테 보험을 들려고 했는데 거절하면서 나를 소개해줬다고 하더군요."

슈이치는 멋쩍은 표정을 지었다.

"그게…. 사실은 사표를 내기로 결정했기 때문에 조금이라도 사장님께 보답하고 싶어서요."

"뭐, 그럴 거라고 짐작은 했어요. 어쨌든 이야기는 잘하고 왔어요. 그분 말씀이, 오카다 씨의 보험 설명을 듣고 감동을 받았대요. 자신이 만들고자 하는 회사의 정신도 오카다 씨가 이야기한 보험의 '서로를 돕는 동료'라는 개념과 똑같다고 말이죠. 야마모토 씨가 운영하는 여덟 개 점포에 젊은 직원들이 많은데 하나같이 혈기 왕성하고 꿈도 크답니다. 그런데 보험에는 영 흥미가 없대요. 야마모토 씨는 가게를 잘 운영해나가려면 보험이 중요한 비중을 차지한다고 믿는데, 그 중요성에 대해 젊은이들한테 제대로 설명을 못 해서 안타까웠다는 거예요. 그래서 말인데 그 직원들을 모아놓고 파이낸셜 플래너로서 설명을 좀 해줬으면 하시네요."

"강연 말씀이세요?"

"그래요. 그래서 오카다 씨를 대신해 허락하고 왔습니다."

"네? 저요? 사장님이 하시는 게 아니고요?"

"오카다 씨가 어떤 이야기를 했는지도 모르는데 내가 어떻게 똑같은 말을 할 수 있겠어요. 게다가 야마모토 씨는 꼭 오카다 씨가 강연해주길 바라고 있어요. 약속을 한 이상 오카다 씨가 가지 않으면 내 입장이 난처해져요."

"아무리 그래도…."

슈이치는 잔뜩 겁에 질린 모습으로 머리를 긁적였다.

"파이낸셜 플래너? 강연?"

사직서를 내려고 면담을 했는데 전혀 뜻밖의 상황이 전개되자 슈이치는 곤혹스러웠다. 머리를 이리저리 굴려봐도 도무지 어떻게 해야 할지 답이 나오지 않았다. 강연이라고 하면 그 분야에서 자타 공인된 전문가가 해야 하는데, 자신과 전혀 관계없다고 여겼던 일이 코앞에 닥쳤으니 뇌가 정지해버리는 것도 무리는 아니다.

"저처럼 형편없는 세일즈맨이 강연이라니…."

"야마모토 씨는 오카다 씨가 제안하는 보험이라면 가입하겠다고 했어요. 그리고 회사를 전담하는 영업사원으로 오카다 씨를 지명했고요. 나한테 신세를 갚고 싶다는 말이 진심이라면 꼭 가줘요. 그때까지 이건…."

와키야는 슈이치가 내밀었던 사직서를 들었다.

"일단 내가 맡아둘게요. 강연이 끝나고도 그만둬야겠다는 생각에 변함이 없다면 수리하겠습니다."

와키야는 여전히 망설이는 슈이치에게 결정적으로 못을 박듯 말했다.

"무조건 해야 돼요. 강연료도 선불로 받았단 말입니다."

"돈도 받으셨다고요?"

깜짝 놀란 슈이치의 목소리가 떨려왔다.

"그래요. 바로 그거라고요."

"네?"

"오카다 씨 월급이 줄지 않은 이유 말이에요. 선불로 받은 강연비를 급여에 넣었어요."

"아…."

"이건 보험 영업을 계속하느냐 마느냐의 문제가 아니에요, 오카다 씨. 이 일은 당신밖에 할 수 있는 사람이 없어요. 강연료는 제가 제시한 것이 아니에요. 야마모토 씨가 오카다 씨에게 직원들한테 보험에 대한 이야기를 들려주십사 부탁하면서 주신 거예요. 그러니까 한 사람의 경영자로서 회사를 더욱 잘 경영하기 위해 오카다 씨의 보험 철학을 직원들이 꼭 들었으면 하는 바람을 전한 겁니다. 무슨 말인지 알겠죠? 오카다 씨를 도우려는 제안이 아니라, 회사를 위해서 도와달라고 부탁하는 거란 말입니다. 그렇다면 당연히 이 일은 오카다 씨만이 할 수 있는 역할이잖아요? 성의 있게 진심으로 이야기하면 돼요. 시작도 하기 전에 지레짐작으로 도망칠 생각은 절대로 하지 마세요."

"…."

하지만 슈이치는 여전히 혼란스러웠다. 어떻게 대답해야 할지 몰라 책상 위의 한 점을 뚫어져라 쳐다보면서 생각에 잠겼다. 마땅한 답변이 떠오를 리 없는 침묵이 이어졌다. 그 침묵을 깬 것은 와키야 사장이 쓴웃음을 지으며 뱉은 작은 한마디였다.

"세상에 강연 의뢰를 받고 저렇게 불편한 얼굴을 하는 사람이 있을까."

순간 슈이치는 정신이 퍼뜩 들었다. 긍정적으로 살지 않으면 운의 기회를 놓쳐버린다. 운전석에서 뒤돌아보고 있는 운전사의 미소 띤 얼굴이 뇌리를 스쳤다. 슈이치는 재빨리 웃는 얼굴로 표정을 바꿨다.

"알겠습니다. 한번 해보겠습니다. 정말 감사합니다."

슈이치는 깊이 머리를 숙이며 감사의 인사를 했다.

"구체적인 일정과 시간, 내용에 대해서는 오카다 씨가 직접 야마모토 사장과 연락해서 정하면 될 거예요."

와키야는 고개를 끄덕이며 회의실을 나섰다. 혼자 남겨진 슈이치는 와키야가 책상 위에 놓고 간 야마모토의 명함을 집어들었다. 슈이치의 얼굴에 저절로 웃음이 피어올랐다.

와키야는 곧장 자기 자리로 돌아가지 않고 거리로 나왔다. 편도 2차선 도로에는 수많은 차량들이 오가고 있다. 그러다 갑자기 오른쪽을 쳐다봤다. 이쪽으로 다가오는 택시가 보인다. 앞에 서려나 했더니 그냥 지나쳐버린다.

'벌써 15년이나 지났구나.'

기억 저편에 잠들어 있던 신묘한 택시 운전사와의 동행을 떠올리며 와키야는 살포시 웃음 지었다.

에필로그

친구들과 점심 약속을 하면 늘 이야기가 길어져서 예정 시간보다 늦게 귀가하기 일쑤다. 이날도 2시면 집에 돌아오겠거니 했는데 역에 도착했을 때는 이미 3시 반이 지나 있었다. 일기예보에서 비가 온다는 말이 없었던지라 새 신발을 신고 나왔는데, 머리 위로 두꺼운 구름이 몰려온다 싶더니 이내 굵은 빗방울이 아스팔트 바닥을 두드렸다.

"뭐야, 이거 당해버렸네." 유코는 혼잣말을 했다.

역 앞 사거리에는 택시를 타려는 사람들로 긴 행렬이 이어졌다. 4시 반에 딸아이 담임과 면담하기로 돼 있는데 줄을 서서 택시를 기다리다가는 늦을 것이 뻔했다. 그렇다고 이 빗속을 걸어서 갈 수도 없는 노릇이고. 결국 유코는 택시가 와주기를 기대하면서 줄 맨 뒤에 섰다. 비가 금방 그쳐주기를 바라며. 어차피 소나기니까 계속 내리지는 않겠지만 얼마나 빨리 멈춰주느냐가 관건이었다.

한 가지 희망은, 자신이 조금 늦더라도 슈이치가 시간에 맞춰 올 수 있을지 모른다는 사실이었다. 유코는 스마트폰을 꺼내 슈이치가 어디쯤 있는지 확인했다. 슈이치의 위치를 나타내는 파란 점이 사이도학원이라는 곳에 멈춰 있다. 유코는 이곳에 대해 들은 기억이 났다. 반년이 좀 넘었나, 슈이치가 보험 계약을 왕창 따냈다며 기뻐한 적이 있는데 분명히 그 학원 이름이 사이도학원이었다. 슈이치에게 전화를 걸었지만 받지 않았다. 상담 중인가? 장소가 유메카 학교와 꽤 떨어져 있으니 아무래도 남편한테는 기대를 걸 수 없을 것 같다.

비가 내린 지 15분 정도 지났는데 멈출 기미가 보이지 않는다. 택시를 기다리는 행렬도 거의 줄어들지 않아 차례가 오려면 아직 멀었다. 그나마 서쪽 하늘이 조금씩 맑아지며 지붕을 들이치는 빗소리가 잦아들고 있다. 면담 시간에 늦겠다고 판단한 유코는 우산을 사려고 길 건너편 편의점으로 뛰기 시작했다. 바지가 다 젖겠지만 약속을 어길 수는 없다.

"으악, 최악이야. 정말! 새 신발인데."

그렇게 투덜거리면서 최대한 지붕 아래를 통과하며 뛰었

다. 첫 번째 횡단보도를 건너려고 신호를 기다리는데, 유코 앞으로 택시 한 대가 서는 게 아닌가! 유코는 한 치의 망설임도 없이 택시 안으로 뛰어들었다.

"미야비중학교로 가주세요."

유코는 목적지를 말한 다음 가방에서 손수건을 꺼냈다.

"으으, 진짜 최악이다…."

혼잣말로 중얼거리면서 손과 옷에 묻은 빗방울을 닦아냈다. 택시라는 밀폐된 공간으로 들어오니, 아까 친구들과 백화점 구경을 하면서 샘플로 발랐던 핸드크림의 라벤더 향이 확 느껴졌다. 체온이 높아지면서 강력한 냄새를 풍기고 있었다. 너무 욕심내서 많이 발랐나 보다. 운전사는 "네" 하고 짧고 밝은 목소리로 대답한 다음 도로를 내달렸다.

유코는 다시 티슈를 꺼내 새 신발에 묻은 물방울을 닦으려고 필사적으로 문질렀다. 거의 닦아낸 다음에야 비로소 좌석에 기대 '휴우' 하고 큰 숨을 몰아쉬었다. 창밖을 보니 하늘은 이미 개어 있다. 소나기가 멈춘 모양이다.

"나 원 참, 뭐야 이게!"

버럭 소리를 지르고 나서 휴대전화를 꺼내 슈이치에게 전화를 걸었다. 남편의 목소리에서 분주함이 느껴지자 유코도 덩달아 마음이 바빠졌다.

"여보, 알고 있지? 오늘 유메카 담임 선생님이랑 면담 있는 날인 거."

"당연히 알고 있지. 그런데 아직 일이 안 끝났어. 지금은 못 빠져나갈 것 같은데."

"그럼 됐어. 못 오면 못 온다고 연락이나 좀 해주지. 당신 안 되면 나 혼자 가야지, 뭐."

슈이치의 혀 차는 소리가 들려왔다.

"면담 잘하고 와."

"알았어. 아, 그리고 여행사에 입금은 했어?"

"아니…. 아직."

"빨리 입금해야지. 다음 주까지 안 넣으면 그냥 취소될 수도 있어."

"아, 저기… 그보다."

"왜?"

"아니야, 아무것도. 일단 면담 잘 다녀와."

유코는 크게 한숨을 몰아쉬며 전화를 끊었다.

"하아…."

운전사가 룸미러 너머로 유코의 얼굴을 쳐다보더니 말을 걸었다.

"소나기가 제대로 한바탕 쏟아졌네요."

유코는 쓴웃음을 지었다.

"그러게 말이에요. 정말 최악이에요."

"하지만 오히려 잘된 거 아닙니까?"

"네?"

"오히려 잘된 게 아닌가 해서요. 그 덕분에 이렇게 택시를 타셨으니까요."

"뭐, 그렇다고 해두죠."

유코는 별다른 생각 없이 맞장구를 쳤다.

"이런, 별로 그렇게 생각 안 하시는 거 같네요. 손님, 이 택시는 아주 특별한 택시랍니다."

"그래요?"

"그럼요, 우선 오늘은 요금 서비스를 해드리거든요. 무료로 타시는 겁니다."

"어머, 왜요?"

"미터기를 보세요. 고장이 나 있잖아요."

유코는 미터기를 쳐다봤다. '70,020'이라는 숫자가 보인다. 의외의 상황에 놀라기는 했지만 기계가 고장이 나서 무료라는 말에 안심이 됐다.

"그러네요. 제가 오늘 운이 좋은걸요."

"그러게 말입니다. 갑자기 소나기가 쏟아지는 바람에 새 신발이 젖기는 했지만, 무료로 택시를 타시니까요. 뜻밖의 일이 벌어지면 반사적으로 최악이라고 짜증 내기 쉬운데 그러기보다는 오히려 잘됐다고 생각하는 게 좋은 것 같아요."

"그런가요…. 어? 그런데 제 신발이 새거인 줄은 어떻게 아셨어요?"

"보통은 신발이 비에 젖었다고 해서 닦지는 않거든요. 새 신발이면 몰라도."

유코는 짜증 내며 중얼거린 말소리가 운전사 귀에 들렸나 싶은 마음에 부끄러워졌다.

"인생이라는 게 말입니다. 안 좋은 일이 벌어진 순간에는 짜증이 나지만 시간이 지나 곰곰이 생각해보면 아무 일도 아닌 것처럼 지나가거나 차라리 잘된 일이었다고 웃어넘기게 되는 경우가 대부분이잖아요. 그러니까 아예 처음부터 '괜찮아, 오히려 잘된 일인지 몰라' 하고 생각하는 편이 훨씬 마음이 편안해지는 길 같아요."

유코는 잠자코 운전사의 이야기를 들었다. 택시 안에서 한 자기 행동에 대해 훈계를 듣는 듯한 창피한 기분이 들기는 했지만 운전사의 말투가 가르치려고 하기보다는 오히려 안도감을 줬다.

"이 일을 오래 하면 수많은 손님을 태우게 돼요. 그런데 처음에는 화가 나고 용납할 수 없는 일들도 나중에는 행복한 추억이더라는 말씀을 많이 하세요. 예를 들면 어떤 사모님 이야기인데요….”

운전사는 뜬금없이 다른 사람 이야기를 하기 시작했다.

“남편분이 어느 날 갑자기 값비싼 기타를 사서 집에 들어왔더래요. 그것도 돈이 여유 있는 때도 아니고 하필 수입이 줄어들기 시작한 무렵이었다는군요. 남편분이 보험 영업을 하는데 실적에 따라 매달 급여가 달라져서 그런가 봐요. 그런데 기타를 사온 며칠은 열심히 치는 것 같더니 금방 싫증 내며 다른 취미 거리를 찾아왔다는 거예요. 이번에는 뭔지 아세요? 바로 소바 만들기였다지 뭡니까. 하하하. 얼마 후 실제로 급여도 줄고 고객이 계약 해지를 해서 급여며 보너스를 토해내야 하는 상황이 되는 바람에 전부터 예약해둔 가족 여행도 취소하고 말았답니다. 그때 사모님은 너무 화가 나서 ‘내 인생은 정말 최악이야’ 오로지 이 생각밖에 안 들더래요.”

유코는 문득 슈이치의 얼굴을 떠올렸다. 운전사의 말을 귓등으로 듣고 있었는데 남편 직업이 보험 영업이라는 소리에 남의 일 같지가 않았다. 그런데 기타 이야기를 실제로 상상하는 순간 웃음이 터졌다. 슈이치가 기타를 들고 있는 모습이라니, 도저히 상상이 안 됐다. 이 세상에서 기타가 가장 안 어울리는 사람이 있다면 그게 바로 슈이치였기 때문이다.

"그런 남편이 있으면 정말 힘들겠네요."

"그렇겠죠. 그 남편분은 비싼 기타는 싹 잊어버리고 매일같이 소바를 반죽하고 면을 뽑기 시작했답니다. 그래서 이후에 어떻게 됐을까요?"

"또 금방 싫증 내고 다른 취미를 찾지 않았을까요?"

"그 일 덕분에 오히려 잘됐다고 생각할 만큼 멋진 미래로 이어졌답니다."

"무슨 말씀이세요?"

"소바를 시작하게 된 계기는 본인 가족의 뿌리를 알게 되면서였다고 해요. 남편분은 그날 이후 삶의 가치관이 완전히 바뀌었고 심지어 보험 실적도 쑥쑥 올랐대요. 이렇게 몇십 년이 흐른 뒤 부부는 그토록 염원하던 소바집을 시작할 수 있었답니다."

"오오…."

"그때 사모님은 절실히 느꼈답니다. 무슨 일이든 '오히려 잘된 일이야' 하고 먼저 받아들이는 마음이 얼마나 중요한지를요."

"기타는요? 기타는 어떻게 했대요?"

"남편분이 찬밥 취급한 기타는 당시 학교에 잘 가지 않던

중학생 딸이 방으로 가지고 들어가서 연습하기 시작했대요. 부모 입장에서는 학교에도 안 가고 하루 종일 멍하니 있는 것보다는 낫겠다 싶어서 내버려뒀답니다. 그랬더니 얼마 지나지 않아 딸이 유명한 뮤지션이 됐다지 뭡니까. 아…. 이름이 뭐라고 했는데? 기억이 안 나네요."

"어머…. 그런 좋은 일도 있네요."

"지금부터 그렇게 하시면 됩니다."

"네?"

유코는 운전사의 말이 잘 들리지 않는 듯 되물었다.

"아무것도 아닙니다. 자, 도착했네요."

"아, 네. 감사합니다. 그런데 정말로…."

"요금은 됐습니다. 그보다 다음 손님이 기다리고 계셔서."

유코는 서둘러 택시에서 내렸다. 운전사는 뒷문을 닫자마자 달리기 시작했다.

"오히려 잘됐다고 생각한다고? 흠, 유메카한테도 기타를 사줘볼까."

유코는 혼자 중얼거리며 학교 정문 안으로 들어갔다.

비는 멈췄고 하늘은 맑게 개었다.

하나의 작품을 완성하려면 많은 분과의 만남이 있어야 하고, 그 만남에서 얻을 수 있는 다양한 경험과 배움이 필요합니다. 이 작품 역시 수많은 만남과 배움이 쌓여서 완성할 수 있었습니다.

하나하나 소중한 가르침을 주신 모든 분께, 그리고 이 작품의 구상 단계에서 큰 도움을 준 주식회사 히어로즈라이프의 기노시타 유지 님에게 이 자리를 빌려 진심으로 감사한 마음을 전합니다. 정말 감사합니다.

기타가와 야스시

타세요, 미래를 바꿔주는 택시입니다

초판 1쇄 발행 2023년 12월 5일 | 초판 7쇄 발행 2024년 9월 10일

지은이 기타가와 야스시 | 옮긴이 김윤희 | 표지 일러스트 임듀이

펴낸이 신광수
CS본부장 강윤구 | 출판개발실장 위귀영 | 디자인실장 손현지
단행본팀 김혜연, 조문채, 정혜리
출판디자인팀 최진아, 당승근 | 저작권 김마이, 이아람
출판사업팀 이용복, 민현기, 우광일, 김선영, 이강원, 신지애, 허성배, 정유, 정슬기, 박세화, 정재욱, 김종민, 정영묵, 전지현
CS지원팀 강승훈, 봉대중, 이주연, 이형배, 이우성, 전효정, 장현우, 정보길
영업관리파트 홍주희, 이은비, 정은정

펴낸곳 (주)미래엔 | 등록 1950년 11월 1일(제16-67호)
주소 06532 서울시 서초구 신반포로 321
미래엔 고객센터 1800-8890
팩스 (02)541-8249 | 이메일 bookfolio@mirae-n.com
홈페이지 www.mirae-n.com

ISBN 979-11-6841-758-8 (03830)

* 북폴리오는 ㈜미래엔의 성인단행본 브랜드입니다.
* 책값은 뒤표지에 있습니다.
* 파본은 구입처에서 교환해 드리며, 관련 법령에 따라 환불해 드립니다.
  다만, 제품 훼손 시 환불이 불가능합니다.